Raph SORIA

Eclats de vie

Nouvelles

© 2015, Raph Soria
© 2015, Couverture Thierry Bleton
d'après une photo
crédit : ESO/T.Preibisch

Editeur : BoD - Books on Demand
12/14 rond-point des Champs-Elysées, 75008 Paris
Impression : Books on Demand, Norderstedt

ISBN : 9782322043286

Dépôt légal novembre 2015

A ma femme Joëlle
ma lectrice avisée
ma « critique littéraire »
aux appréciations toujours pertinentes
A mon fils Frédéric
A mes petites-filles Anelise et Cloé
avec une infinie tendresse
Et
pour notre amitié fidèle qui dure depuis tant d'années
A Chantal et Michel
affectueusement

La nouvelle est au roman ce que le court métrage est au film.

C'est une fraction de vie, un infime instant arraché à l'infinie cendre du temps et emprisonné à jamais comme un paon-du-jour[7] dans une bulle de cristal, comme un scarabée doré dans un écrin d'ambre translucide.

Un instantané.

Que nous les ayons vécus ou que nous en ayons été les témoins directs, des aventures ou des mésaventures, des événements tristes, insolites, joyeux ou parfois dramatiques ont émaillé nos vies.

Entre des milliers de péripéties, notre mémoire capricieuse en choisit quelques-unes comme faits marquants, les enregistre, les retient et nous les restitue considérablement enjolivées.

Toutes les anecdotes qui sont ici proposées à votre lecture sont tirées de faits réels.

Qu'importe de savoir si le narrateur en a été l'acteur, le témoin ou un simple spectateur. Qu'importe qu'elles s'éloignent de la réalité ou qu'elles la transposent.

L'essentiel c'est que, toujours attentif à la façon de les raconter, l'auteur choisit toujours l'angle de vue qui lui paraît le plus propice à vous toucher au cœur.

---

[7] Nom d'un papillon

Table des matières

Les désagréments du train de nuit
Gospel
Bons baisers d'Istanbul
Un homme prévoyant
La fugueuse
Un naïf exceptionnel
Dans un nid de curés
Le petit théâtre de la Cigale Rouge
Un cadeau tombé du ciel
Ça n'arrive pas qu'aux autres
Rencontre du quatrième type
Un oiseau, juste un tout petit oiseau

Les désagréments du train de nuit

Au moment où se situe cette anecdote, il m'arrivait de prendre fréquemment le train.

Il faut te dire qu'à cette époque, Délégué Départemental d'une entreprise nationale de Travaux Publics, je devais me rendre au moins une fois par mois à Paris.

A force d'allers-retours, il s'était instauré une sorte de rituel assez minuté et quasi immuable dont la description pourrait te paraître fastidieuse du fait de son banal prosaïsme.

La plupart du temps, je prenais ma voiture de Châteaurenard à Avignon. Je la laissais au parking de la gare. A 20 h 40 je montais dans le train, après avoir préalablement repéré mon wagon. Je cherchais mon compartiment, vérifiais à son numéro sur la porte l'emplacement de ma couchette, installais mon maigre bagage sur le porte-bagages - une petite mallette contenant mon nécessaire de toilette, mon pyjama, des sous-vêtements de rechange, de la lecture et, dans une chemise en carton, les documents indispensables à ma réunion de travail -. Je sortais dans le couloir après avoir pris soin de fermer la porte de mon compartiment. J'abaissais une vitre du couloir[8] pour respirer l'air embaumé de thym sauvage. J'allumais une cigarette en attendant le redémarrage du train. Et je restais là pendant quelques instants, regardant défiler les lumières étincelantes de la ville, scrutant dans la semi-obscurité le scintillement fugitif des éclairages

---

[8] A ce moment-là les normes de sécurité n'imposaient pas encore le verrouillage des portières et des fenêtres

tremblotants des fermes et des hameaux, essayant de deviner les contours de plus en plus imprécis d'un paysage se diluant dans les lambeaux effilochés d'ors, de cuivres, de pourpres et de grenats d'un ciel peu à peu avalé par l'obscurité.

Puis, lassé de ce spectacle, ma cigarette finie depuis longtemps, je refermais la fenêtre, entrais dans mon compartiment, prenais dans ma petite mallette mon nécessaire, allais, à l'extrémité du wagon, aux W-C les plus proches pour un dernier petit pipi et une brève toilette. Puis, retourné dans mon compartiment, j'entrouvrais la vitre en dépit de quelques grognements mécontents pour laisser entrer un filet d'air afin de nous éviter l'étouffement, je grimpais sur ma couchette - toujours une de celles du haut, réservée longtemps à l'avance -, m'y allongeais et, le plus confortablement installé, reprenais avec délectation le dernier roman en cours de lecture.

Quand toutes les lampes étaient éteintes et que je voyais, à quelque ronflement persistant, à des borborygmes confus et des vocalises nerveuses faites d'onomatopées incompréhensibles ou à quelque pet non retenu, que mes compagnons de route étaient endormis, j'éteignais ma veilleuse et, dans le noir, avec force contorsions, je me dévêtais et enfilais - mais oui ! - mon pyjama.

Mettre son pyjama dans un train de nuit est chose fort courante lorsque l'on dispose pour soi tout seul d'une cabine de wagon-lit. Mais c'est pour le moins inhabituel lorsque l'on voyage dans un train couchettes. La plupart des voyageurs avec lesquels j'ai partagé un compartiment, n'ôtant que leur veste, ont toujours dormi tout habillés, quand ce n'était chaussés. Quant aux femmes, elles ont presque toujours préféré à tout autre vêtement le *jogging* informe, de peur sans doute que, dévoilant par inadvertance la moindre parcelle de leur anatomie, elles ne risquassent de transformer en lubriques voyeurs leurs imprévisibles voisins. Il faut dire aussi que les trains de nuit ont entretenu tant de fantasmes !

Une fois revêtu de mon pyjama, je m'enfonçais peu à peu comme une murène erratique dans les eaux profondes du sommeil pendant que le train fonçait dans la nuit opaque comme un bison furieux.

Au petit matin, quand, à l'approche de la gare de Lyon, le contrôleur venait toquer de son poinçon nonchalant à la porte vitrée, mes compagnons, déjà fin prêts, bagage au pied, étaient entassés dans le couloir. Je pouvais donc me rhabiller dans un compartiment vide… mais empuanti. Car, mettant à profit notre sommeil, l'inévitable voyageur frileux avait fini par fermer hermétiquement la fenêtre au risque de nous entraîner à la mort par asphyxie. Je ne traînais pas. J'avais hâte de quitter ces effluves malsains de la nuit où dominaient ces relents indéfinissables de slip négligé et de vieille chaussette si particuliers à l'homme mal lavé. J'étais impatient de laisser au plus vite derrière moi cet espace clos, plus restreint et plus insalubre qu'un cachot. En m'habillant, je me faisais toujours cette réflexion qu'à part voguer dans la cale d'un bateau pleine à craquer de voyageurs serrés sur des *transats* comme des harengs ou confiné à bord d'un sous-marin pareil à une boîte de sardines en fer blanc, il faut que l'homme civilisé soit sacrément masochiste pour voyager de nuit, en seconde, de son plein gré, dans un compartiment à six couchettes, avec cinq inconnus tous porteurs de microbes, de bacilles et de virus et qui, par l'exhalaison de leur haleine chargée, l'odeur âcre de leurs aisselles ou de leur entrejambe, le fumet insinuant de leurs pieds et l'insidieuse pestilence des gaz produits par la malodorante tuyauterie humaine, sont générateurs d'effluences abominables. Mais je me rassurais aussitôt en me disant qu'après tout ce n'était que l'affaire d'une nuit.

Paris. Ah, Paris !
Arrivée à 6 h 23. Début du marathon.
Cavaler comme un dératé dans le métro du petit matin, perdu dans une foule déjà compacte, en étant attentif à ne pas me tromper de station ; puis, les copains retrouvés au bistrot habituel, toilette rapide, entre deux *expresso*, dans les sous-sols dudit bistrot ; dernières nouvelles échangées entre deux bouchées vite englouties de croissants chauds ; petit déjeuner rapidement expédié ; course-vitesse pour arriver à l'heure au lieu du rendez-vous ; retrouvailles dans le hall du siège social ; rassemblement dans la salle de réunion ; chassé-croisé des groupes de travail ; repas de midi avalé à la va-vite dans le bruit confus des conversations croisées ; reprise des travaux - commissions, plénière, élaboration de la synthèse finale et *tutti quanti* - ; puis, la rencontre de la journée terminée sur une liste de résolutions, reprise du parcours du combattant, à l'heure de pointe, dans le métro plein à craquer comme une outre de son ahurissante cargaison humaine et course contre la montre pour ne pas rater le train couchettes de 20 h 12 du retour.

Quand, à l'issue de cette journée épuisante je m'en revenais dans ma chère Provence exténué mais conscient du devoir accompli et heureux d'avoir revu, même brièvement, quelques-uns de mes collègues, j'avais droit à force ricanements et allusions :

- Alors, dis-moi, Jean-Phi, c'était comment, Paris ?
- Eh, Jean-Philippe ! Tu t'es bien amusé, au moins ?
- Dis donc ! Tu le prends à l'aise, toi ! Tu files à Paris pendant que nous, ici, on s'tape tout l'boulot !

- Eh ! Eh ! Je trouve que tu y vas un peu trop souvent, à Paris ! T'y'aurais pas une copine là-bas, par hasard ?

Ou bien il me fallait subir, sifflotée ou chantonnée, la sempiternelle ritournelle :

> *« Ah ! Les p'tites femmes*
> *Les p'tites femmes de Paris !*
> *Ah ! Les p'tites femmes*
> *Les p'tites femmes de Paris ! »*

Mais baste ! Tout ceci passait au-dessus de ma tête.

En plusieurs années, exception faite des prévisibles inconvénients dus aux vicissitudes du voyage collectif, je n'eus que quelques légers incidents à déplorer.

Une fois, je perdis mon slip que, pourtant, j'avais soigneusement placé sous mon oreiller et que je ne retrouvai jamais. Heureusement, j'avais un slip de rechange ! Une autre fois, dans ma hâte, j'abandonnai sur ma couchette mon pyjama. Une fois, j'égarai mes lunettes que j'avais pourtant rangées dans le vide-poches en filet situé au-dessus de ma tête. Je finis par les retrouver sur la couchette du dessous où elles avaient atterri je ne sais comment. Une autre fois encore, je perdis mes chaussures qu'un autre voyageur avait, les prenant sans doute pour les siennes, failli emporter. Par chance, je les aperçus au bout du couloir sans jamais comprendre comment elles y étaient parvenues. Vous me voyez en chaussettes, dans Paris, si je ne les eusse récupérées ? Une fois encore, le contrôleur ayant oublié de me réveiller, je me retrouvai seul dans une gare bruissante[9], seul dans mon compartiment, seul dans le wagon, seul dans le train entièrement vidé de ses voyageurs, profondément endormi, jusqu'à ce que les agents du service de nettoiement de la SNCF, éberlués, ne me trouvassent

---

[9] Néologisme à partir de *bruisser*

presque nu sur ma couchette. Heureusement que ce jour-là le train n'allait pas à Bruxelles !

Bref, des vétilles ! Rien de bien palpitant !

Une fois, cependant...

Cette fois-là, ayant un peu de retard, je montai précipitamment dans mon wagon où, instantanément, une odeur nauséabonde assaillit violemment mon odorat.

Ma couchette se trouvant à l'autre bout du wagon, je devais traverser le couloir déjà désert.

A mesure que j'avançais vers mon compartiment, l'odeur se faisait plus puissante, plus insoutenable. Je suffoquai lorsque j'ouvris la porte et reculai brusquement comme si un dragon, m'attendant pour me sauter à la gorge, m'eût soufflé de plein fouet au visage son haleine pestilentielle. A demi asphyxié, je refermai hâtivement la porte, ayant à peine eu le temps de vaguement distinguer dans la pénombre trois dormeurs que l'affreuse puanteur ne semblait pas le moins du monde incommoder. Je me précipitai à l'autre bout du wagon et, après avoir ouvert une vitre pour faire entrer un peu d'air frais dans le couloir, je me réfugiai dans le sas de sortie, attendant le contrôleur qui, normalement, ne devrait pas tarder à venir composter mon billet.

« Pas question, me disais-je, de passer toute une nuit dans cette bauge infecte ! »

Lorsque, peu de temps après, arriva le contrôleur, il fut à son tour frappé de plein fouet par l'odeur irrespirable que le filet d'air n'avait pas atténuée et s'étonna du fait qu'aucun des dormeurs du wagon, et plus précisément ceux du compartiment d'où semblait provenir cette insupportable puanteur, ne se fût éveillé et ne fût venu l'alerter.

Bizarre !

Nous ouvrîmes grand toutes les vitres du couloir. Apportant avec lui dans son sillage comme une vague libératrice le sifflement strident du train, l'air vif de la nuit s'engouffra précipitamment dans le wagon, estompant pour un instant ces miasmes asphyxiants à l'origine inconnue.

Le contrôleur toqua de son poinçon à la porte vitrée du compartiment dont le rideau avait été baissé, ouvrit, recula brusquement, frappé lui aussi par l'odeur épouvantable, toussa, suffoquant à son tour, prit sur lui, avança avec courage et fit la lumière, arrachant brutalement les dormeurs hébétés - ils étaient bien trois - à leur rêve.

Plus de doute possible. Ce compartiment était bien l'épicentre de ces émanations infectes.

Alors, les recherches commencèrent, et avec elles les suppositions.

S'agissait-il d'un rat mort qui se fût décomposé ? Impossible. Les agents d'entretien sont d'une méticulosité extrême. Ils passent chaque compartiment au peigne fin. Ils changent de fond en comble la literie, expédiant impitoyablement à la blanchisserie même celle qui n'a pas servi.

S'agissait-il d'une boule puante lancée par quelque mauvais plaisant ? C'était peu probable. Car qui eût pu le faire et pourquoi ? Chacun des voyageurs était monté seul, l'un à Vintimille, l'autre à Nice, le troisième à Marseille et aucun ne se connaissait d'ennemi.

Voilà le contrôleur inspectant à l'aide de sa lampe de poche les porte-bagages, les couchettes, défaisant oreillers, draps et couvertures, examinant le moindre interstice, le moindre repli. Le voilà à quatre pattes, toute dignité bue, dans une posture peu conforme à son rang, explorant sous les banquettes.

Pas de boule puante. Pas de rat mort. Mais toujours cette infection puissante, persistante, atroce odeur de matière organique en état de putréfaction avancée ne s'apparentant cependant à rien de connu.

L'agitation et le bruit réveillent l'un après l'autre tous les compartiments du wagon. L'on prend conscience de l'odieuse puanteur. L'on s'inquiète. L'on s'interroge. Bref, un vrai branle-bas de combat. Et l'inspection continue sans autre résultat.

Et voilà que le contrôleur aperçoit quelque chose - il ne sait quoi - au fond, sous la banquette de droite, contre la paroi. Mais il ne peut l'atteindre. Alors, il demande un objet. On lui tend un stylo à bille. Mais le stylo est trop court. Alors quelqu'un lui apporte une canne. Et le contrôleur, avec des gestes méticuleux de chirurgien sortant du ventre d'un patient un tronçon d'intestin, ramène une petite chose informe, abjecte, une sorte de morceau de tissu trempé d'un épais et écœurant purin qui, par vagues successives, réveille et amplifie l'infernale pestilence.

Nouveau branle-bas de combat. Reflux des voyageurs. C'est : « *Tous à vos mouchoirs !* »

Le contrôleur suffoque, mais il tient bon. Entre deux hoquets désespérés de nageur qui se noie, il balbutie :

- Là ! Il y en a un autre !

Et il extirpe précautionneusement un deuxième innommable lambeau de ce tissu putride qui soulève une nouvelle onde de remugles nauséabonds.

Sous les yeux médusés des voyageurs, ces deux choses sont balancées dans le couloir et - horreur ! - se révèlent être... une paire de chaussettes imbibées d'un infâme suint.

Comment diantre ces chaussettes ont-elles pu parvenir jusqu'ici et se glisser sous cette banquette et à quel être repoussant ont-elles bien pu appartenir ?

Soudain, le passager de Vintimille se souvient d'avoir remarqué sur le quai, à l'écart d'un groupe clairsemé de voyageurs ensommeillés, un type un peu douteux, une sorte de demi-clodo. Ce type aurait pu monter sans se faire remarquer dans le même wagon que lui. Mais rien ne dit que ceci puisse avoir le moindre rapport avec ces immondes chaussettes et l'insoutenable infection qu'elles dégagent.

On se perd en conjectures. Et puis on finit par imaginer un scénario. Le demi-clodo, probablement un voyageur sans billet, cherchant un lieu tranquille, a cru, à tort, que le compartiment était vide. Alors, il a pu entrer en catimini, s'apercevoir de la présence d'un occupant et, profitant de l'endormissement de ce dernier, se glisser sans bruit sur la couchette du bas. Descendu sans doute à Nice, il a abandonné sciemment ou non sous la couchette, pour rétribution de son passage, ses chaussettes répugnantes.

Le train arrêté à la première gare venue, le wagon fut évacué en toute hâte. Heureusement, comme celui-ci, loin s'en faut, n'était pas bondé, chaque voyageur put trouver une couchette dans un autre wagon.

Mais le plus extravagant de cette histoire c'est, vois-tu, qu'aucun des voyageurs de ce compartiment n'ait été alerté ou dérangé par cette odeur méphitique et que nul n'en avertît le contrôleur !...

Bizarre !...

Gospel

Je ne sais ce qui le dispute le plus en moi de la candeur, de l'absence de curiosité, du manque de discernement ou de la stupidité.

Il faut te dire que l'affiche était bigrement alléchante.

Imagine ! *The Bostonian Gospel Singers* ici, à Gardanne, à *« La Briqueterie »* !

De plus, le spectacle était offert par la ville dans cette toute nouvelle salle communale inaugurée depuis peu.

Par ici, l'été, dans nos terres de festival, un tel fait n'est pas rare. Mais au printemps pareille prodigalité est plutôt inattendue, voire insolite.

Bien sûr, à la lecture du programme, deux interrogations ont traversé mon esprit :

« Tiens ! Du gospel à La Briqueterie, ce temple du Rock ! Bizarre, mais, après tout, pourquoi pas ? » et *« Un spectacle de cette envergure gratis ! Que nous vaut cette aubaine ? »*.

Mais j'ai vite repoussé ces deux questions importunes et je me suis empressé d'en parler à Mathilde, toujours partante dès qu'il s'agit de « spectacle vivant » et j'ai réservé à l'Office de Tourisme deux entrées.

S'il m'arrive d'écouter du *negro spiritual* et même d'en fredonner à l'occasion, je ne suis pas particulièrement amateur de gospel. Cela tient au fait que je suis totalement irréligieux et que non seulement je ne me sens pas du tout concerné par la dimension chrétienne qu'il véhicule et encore moins par son caractère sciemment prosélyte, mais que je n'apprécie pas du tout le martellement *ad libitum* de ses *chorus* lancinants destinés à vous conduire à la transe.

Mais comment diable manquer pareille opportunité ? Pourquoi se priver d'un spectacle aussi rare ? Devrais-je récuser la beauté des cathédrales françaises ou des mosquées stambouliotes ou plus généralement l'art religieux au prétexte de mon incroyance ? Devrais-je rejeter la musique sacrée ou telle forme d'expression du chant profond de l'âme humaine au motif qu'elle puisse servir de vecteur à l'endoctrinement ?

Je me faisais donc un plaisir de me rendre avec Mathilde à un spectacle de qualité.

Pourtant, j'eusse dû lire plus attentivement le prospectus qui annonçait clairement que cette tournée *gratuite*, tournant dans toute la région et organisée par une église évangéliste, adventiste, anabaptiste ou je ne sais quoi ne se produisait que dans des temples protestants ou dans des salles privées anonymes, et trouver suspect que la prestation de ce groupe de renommée mondiale se fît ici, exceptionnellement, dans un lieu public... Etrange ! La municipalité aurait-elle été abusée, manœuvrée, par un puissant lobby protestant ?

C'est à croire !

A ce moment-là je me suis dit qu'on ne saurait se méfier de tout...

Vient le jour du spectacle.

Lorsque Mathilde et moi arrivons à proximité de la salle, nous sommes impressionnés par les énormes camions arborant fièrement l'enseigne « *Bostonian Gospel Singers* ». Ils sont placés cul contre l'arrière du bâtiment dont le rideau métallique extérieur a été hissé. Leur plateforme relevée à hauteur de scène laisse imaginer les tonnes de matériel que les régisseurs ont dû transbahuter.

C'est aussi impressionnant que s'il se fût agi du Cirque Amar ou Bouglione. Prodigieux ! Cette débauche de moyens nous laisse augurer d'emblée de l'exceptionnelle qualité de ce groupe talentueux et célébrissime - le meilleur groupe de Gospel au monde ! - qui, traversant l'Atlantique, est venu se perdre ici, dans cette petite ville provençale, on se demande bien pourquoi.

Comme Mathilde et moi avons pris les devants, il y a encore peu de monde à l'intérieur lorsque nous arrivons. Mais le public afflue à jet continu, par grappes serrées.

En peu de temps la salle remuante, bruyante, électrique est pleine à craquer. Dans un indescriptible tohu-bohu, on se bouscule, on se regroupe, on se salue, on s'interpelle, on s'embrasse. On dérange même ses voisins et on se décale, quand c'est possible, pour faire de la place à ses amis.

Avant que ne commence le spectacle, de nombreux spectateurs, qui n'ont pu trouver de place assise, se tiennent debout au fond et sur les côtés, entassés comme une assemblée de manchots au mépris des règles de sécurité les plus élémentaires.

Comme nous avons été prévoyants, Mathilde et moi sommes arrivés assez tôt pour occuper deux sièges au troisième rang, en bordure d'une allée latérale. Nous sommes aux premières loges ! Nous jouissons d'une vue imprenable sur la scène illuminée *a giorno* et, à l'exception d'une forêt de micros et de retours[10], absolument déserte pour l'instant. Nous allons pouvoir profiter d'un spectacle qui s'annonce extraordinaire sans avoir à nous tordre le cou !

---

[10] Haut-parleurs placés au devant de la scène, à même le plancher, face aux musiciens ou aux chanteurs, afin que ceux-ci puissent s'entendre

Arrivent les prestigieux choristes, accueillis par une énorme ovation. Ils entrent en file indienne dans le feu des projecteurs et prennent tranquillement la place qui leur a été assignée, remplissant immédiatement tout l'espace et rendant d'un coup la scène exigüe. Beaucoup de femmes. Peu d'hommes. Tous sont noirs. Tous. Etonnant ! Tous sont vêtus d'un long *boubou* jaune imprimé de motifs africains vert olive. Certaines femmes, les plus âgées, arborent un turban assorti au *boubou*. Les plus jeunes sont nu-tête.

Suivent trois hommes.

Le premier, jeune, plutôt petit, maigrichon, étriqué dans une veste trop serrée en dépit de sa petite corpulence, porte des lunettes rondes, des cheveux mi-longs et, prolongeant un menton aigu, un semblant de barbichette assez ridicule. Il s'avance devant un micro, le tapote du doigt pour vérifier s'il fonctionne et prend la parole. Il se présente brièvement. C'est un pasteur aixois inconnu ici, chargé de la tournée. Sous les applaudissements de la foule, il y va du petit laïus habituel dans ces circonstances : remerciements appuyés aux conseillers municipaux qui trônent au premier rang et qui ne boudent pas leur plaisir de se montrer, remerciements au public *« d'être venu si nombreux ! »*. Puis il présente ses deux comparses : d'abord, l'accompagnateur du groupe, un pasteur noir bostonien, un type ascétique vêtu d'un costume sombre, le Révérend Moses - un nom pareil ne s'oublie pas ! - ; ensuite, le chef de chœur, un long type décontracté, sympathique et souriant, vêtu sobrement d'un pantalon noir et d'une chemise blanche, tenue qui contraste singulièrement avec les *boubous* bariolés. Enfin, dans un tonnerre d'applaudissements, il présente le *« Bostonian Gospel Singers »*.

A ce moment précis, je me fais cette réflexion somme toute assez incongrue :

« *Bon sang ! Quelle manie ont les spectateurs d'applaudir avant le spectacle ! D'accord ! Il faut bien encourager ces pauvres artistes qui sont en général morts de trac lorsqu'ils entrent en scène ! Mais tout de même !...* »

Cette cérémonie achevée, les deux pasteurs cèdent la place au chef de chœur et aux chanteurs. La salle est alors plongée dans une pénombre ponctuée par les lampes faiblardes des issues de secours semblables à des lucioles moribondes. La scène sur laquelle vont converger et se concentrer des centaines de regards scrutateurs forme une petite flaque de lumière. Encore quelques murmures, quelques chuchotements, quelques toussotements, quelques raclements de gorge et le silence se fait, dense, minéral. Le spectacle peut commencer !

Voilà un quart d'heure que sous l'impulsion d'un chef énergique les infatigables choristes, chantant et dansant, se démènent comme de beaux diables, et la salle, conquise, est déjà en ébullition.

Entraînant, le tour de chant est prodigieux. Le répertoire est varié et dynamique. Enthousiastes, persuasifs et bien ordonnancés, les gospels s'enchaînent avec précision. Chaleureuses, harmonieuses, bien timbrées, les voix s'accordent parfaitement.

Le public tape des mains, scandant passionnément lors des *chorus* des « *Jésus !* », des « *My Lord !* » et des « *Alléluia !* » à n'en plus finir. Nous-mêmes, conquis par ce rythme effervescent et par cet enthousiasme communicatif, nous nous surprenons à taper des mains.

Nous vivons là un moment unique, magique. Nous sommes comme dans un nuage, comme dans un rêve.

Et soudain, patatras, le chef de chœur jette un rapide coup d'œil vers les coulisses et, d'un geste, arrête les choristes. Je pense :

« *Bon, une pause ! Dommage ! C'était si bien parti ! Pourquoi diable couper les choristes dans leur élan ? Mais bon ! Après tout, on va pouvoir souffler un peu !* »

Rien de tout cela cependant. Le Révérend entre en scène et, profitant de l'enfièvrement du public, se lance dans une harangue pour le moins curieuse.

On aurait pu s'attendre à une intervention en rapport avec la troupe ou le spectacle lui-même ou à une brève profession de foi qu'on eût pu comprendre, dans ce contexte. Je le redis : on ne saurait se méfier de tout ! Car c'est à un véritable prêche que Mathilde et moi, stupéfaits, assistons, à une ingénieuse manœuvre de catéchisation. Effarant ! Ça nous fait l'effet d'une douche froide. Les spectateurs, comme hypnotisés, semblent trouver normale cette situation et ponctuent avec ferveur, à l'unisson avec les choristes, l'exhortation du Révérend de « *Ô my Lord !* », de « *Ô my God !* » et de « *Alléluia !* », comme s'il se fût agi de répons[11] aux gospels.

Je rêve ! Je fantasme ! J'hallucine ! Nous ne sommes plus à une représentation publique. On se croirait dans une église ou dans un temple au moment du sermon aux fidèles. Lorsqu'enfin, après une dizaine de minutes d'homélie le Révérend quitte la scène et que les choristes reprennent leur répertoire volontairement interrompu, je me dis qu'il s'agît là, bien que regrettable, d'un épisode passager.

Il n'en est rien. Le piège a été sciemment et habilement ourdi. Tout a été minutieusement calculé d'avance. Les séquences de chant se font de plus en plus brèves à mesure

---

[11] Terme liturgique : refrain repris par le chœur

que le public s'échauffe. Le spectacle, jusqu'ici merveilleux, tourne pour nous peu à peu au cauchemar éveillé. A la fois gourou et chef d'orchestre, le Révérend intervient de plus en plus fréquemment, avec de plus en plus de véhémence. A chacune de ses interventions, la tension et, en même temps, notre effarement, notre frustration, notre malaise et notre exaspération montent d'un cran. L'on croirait assister à l'une de ces stupéfiantes mises en scène télévisées américaines d'évangélisation publique à la Billy Graham[12] si savamment orchestrées, formidables machines à décerveler fonctionnant comme des rouleaux compresseurs.

Au bout d'une heure, le public, debout, chauffé à blanc, au paroxysme de son agitation, trépigne, tape des mains et chante à tue-tête, répondant, comme s'il fût un unique organisme vivant, à la moindre inflexion de voix d'un Révérend-gourou tout puissant, chef incontesté d'un chœur humain univoque. L'on se crût plongés[13] dans une séance d'hypnose collective. Hallucinant !

Mathilde et moi, qui résistons à ce vent d'exaltation démesurée qui confine à la folie, restons obstinément vissés sur notre siège, nous demandant comment nous dépêtrer de cette chausse-trappe. Les mots qui nous viennent pêle-mêle à l'esprit sont : *« mystification, traquenard, guêpier, hold-up »* et aussi *« honteux, inacceptable, insupportable, scandaleux »*.

Seuls spectateurs assis, petit îlot fragile et dérisoire mais résistant, noyés dans une foule de spectateurs dressés, surexcités, envoûtés, fanatisés, plongés dans une incroyable hystérie généralisée, nous voilà devenus malgré nous les témoins médusés, écœurés et atterrés d'un événement hors normes, d'une manipulation sans pareille.

---

[12] Célèbre prédicateur américain
[13] Le pluriel est voulu, le *on* se substituant de plus en plus au *nous*

Pour être mécréants, nous n'en sommes pas moins tolérants, et le terme est faible. Mais cette scène dépasse l'entendement. L'on croirait assister à quelque sombre et terrifiant culte païen venu du fond des âges où une foule hors d'elle, excitée par avance par le sang qui ne saurait tarder à couler, attend avec impatience, avidité et ardeur l'irréparable et atroce sacrifice expiatoire qu'un chaman fou se prépare à accomplir, ou à quelque nuit de Walpurgis, fantasmagorique sabbat de sorcières en rut hurlant à s'égosiller au Grand Bouc leur adoration et s'apprêtant à une gigantesque et démente orgie, ou encore à quelque onirique cérémonie de vaudou haïtien où, rendus fous par le rythme furieux des tambours, adeptes et curieux, camés jusqu'à l'os, couverts jusqu'aux yeux de sang animal, et possédés comme des damnés, intercèdent, par le truchement de la Mambo[14], auprès du Baron Samedi[15].

A bout de patience, Mathilde s'écrie :

« *Trop, c'est trop ! Fichons le camp d'ici, Aurélien !* »

Nous nous levons d'un commun accord.

Comme nous sommes, je le rappelle, en bordure d'une allée latérale, nous n'avons pas trop de mal à nous extraire de notre rangée. Mais, avant d'atteindre la sortie, nous devons affronter la foule compacte, surexcitée, assourdissante qui est massée dans l'allée et qui nous barre le passage. Mathilde me montre la première issue de secours devant laquelle se tient un garde. Là est notre salut ! Nous tentons péniblement une percée dans la vague humaine dense et tumultueuse. Ouf ! Sauvés ! Nous y voilà ! Mais le garde, un géant buté au regard de zombie, nous interdit la sortie. Nous essayons de palabrer avec lui, Mathilde prétextant un malaise. Peine perdue. Nous nous

---

[14] Maîtresse vaudou de cérémonie
[15] Esprit intermédiaire du vaudou

dirigeons vers la deuxième issue de secours. Même *malabar* buté. Même scénario. Tout devient alors clair pour nous : la consigne est d'empêcher les gens de sortir. A ce moment, nous ne sommes même pas en état d'imaginer le drame que provoquerait une bousculade, un début de bagarre ou le simple évanouissement d'une personne de cet auditoire survolté. Nous nous sentons comme des rats pris dans une nasse implacable. Mais nous ne faiblissons pas. Nous nous dirigeons résolument vers la sortie. En jouant des coudes, en forçant ici et là le passage de l'épaule, en nous faufilant dans le moindre espace libre, nous traversons une foule en délire, essuyant ici une remarque acerbe ou insultante, affrontant là un regard réprobateur ou hostile. Mais, comme des nageurs crawlant à contre-courant et luttant contre l'épuisement pour éviter la noyade, nous avançons. Et nous réussissons à franchir l'infranchissable barrière de spectateurs en transe. Enfin la sortie, la fin de ce cauchemar éveillé ! Et là, nous nous heurtons à un cordon de gardiens patibulaires s'interposant entre nous et la liberté. Mais nous sommes tellement déterminés que rien ni personne ne peut nous arrêter !
Nous fonçons droit devant nous, forçant le barrage !

Ouf ! Nous voici enfin à l'air libre, soulagés, respirant à pleins poumons cette légère bise de printemps qui charrie avec elle tous les parfums subtils de notre Provence.

Nous nous rendons en toute hâte vers le parking où nous attend, garée parmi des centaines d'autres, notre voiture. Les échos de cette cérémonie démente parviennent jusqu'à nous.

Nous pourrions penser que nous n'avons vécu là qu'un événement extravagant mais mineur, que nous n'avons vu qu'un spectacle se transformer en prêche, qu'il n'y a rien de dramatique dans tout cela.

Rien ? Voire…

Nous venons de comprendre à notre corps défendant comment des religieux intransigeants, exaltés, sectaires, - ici l'obscur pasteur bostonien d'une obscure secte protestante - s'autoproclamant seuls détenteurs d'une plus que douteuse vérité révélée, peuvent à tout moment manœuvrer, conditionner, embraser jusqu'à la plus extrême intolérance des foules entières, instillant le poison du fanatisme et de la haine au point de dresser les hommes les uns contre les autres, les communautés les unes contre les autres.

Et nous prenons peur…

Ah oui ! J'allais oublier ! Que nul ne nous parle jamais plus de gospel ! Mais c'est là un détail sans importance…

Bons baisers d'Istanbul

Tout est de ma faute, me dit Robert. C'est mon surcroît de confiance et mon manque de vigilance qui sont à l'origine de cette histoire assez rocambolesque.

Il a un peu plu ce vendredi, en fin d'après-midi, et cette petite pluie fine a suffi pour que ma veste soit légèrement mouillée aux épaules. Nous sommes donc retournés Julie et moi à notre hôtel et je me suis changé. N'ayant pas prévu de veste de rechange, j'ai enfilé un polaire. Comme ce pull n'avait pas de poche, j'ai été tenté de laisser mon portefeuille dans la poche intérieure de ma veste. Mais je me suis fait la réflexion qu'étant étranger je pourrais avoir des ennuis en cas de contrôle d'identité. Alors, j'ai mis mon portefeuille dans le petit sac en cuir que je porte habituellement en bandoulière et qui contient un petit « guide touristique », la carte d'Istanbul et mon indispensable pilulier et nous voilà partis Julie et moi vers l'Hippodrome.

Il faut dire que nous sommes en plein Ramazan[16] et que, dans le vieux quartier historique de Sultanhamet où est notre hôtel, la fête se concentre autour de l'Hippodrome et de la place Sultanhamet, entre la Mosquée bleue et Sainte Sophie.

De part et d'autre de l'Hippodrome, les rues Kabasakal et Atmeyani - où la circulation est à sens unique - ont été envahies par une rangée serrée de boutiques dressées pour la circonstance et qui proposent au passant, dans une débauche de parfums épicés, toute sorte de victuailles où

---

[16] C'est ainsi que les Turcs nomment le Ramadan

dominent les beignets frits et les döner kebap, au milieu d'une profusion de jus de fruits pressés, de pâtisseries et de fruits dressés en pyramides. Derrière ces boutiques, les marchands ont monté sur les trottoirs d'immenses tentes, tendu des vélums et aménagé restaurants et salons de thé très typiques mais somme toute assez inconfortables.

Ces boutiques empiètent tellement sur la rue qu'elles ne laissent qu'un étroit passage où ne peut s'aventurer qu'un véhicule à la fois, et encore les conducteurs doivent-ils faire preuve d'attention et de patience tant la foule, qui afflue à partir de seize heures, est dense. Cette multitude se fait tellement compacte à mesure qu'approche l'heure où sera rompu le jeûne que ces rues, livrées définitivement aux piétons, seront interdites à la circulation à partir de dix-sept heures.

Poussés, pressés, bousculés, Julie et moi nous promenons au milieu de cette cohue bigarrée et bourdonnante avec un sentiment de totale sécurité. C'est, je le rappelle, le Ramadan et nous sommes à proximité de la Mosquée Bleue, l'un des hauts lieux du culte musulman à Istanbul. Etrangement, ici comme dans les quartiers chics ou populaires que nous avons pu visiter, les Stambouliotes, femmes et hommes confondus, sont la plupart du temps vêtus à l'européenne. Les hommes, en particulier, sont fiers d'arborer, fêtes obligent, des costumes-cravates un peu désuets, quand les touristes, plus décontractés, portent, à l'américaine, *jean* et *sweet shirt*.

Les marchands nous interpellent allègrement, tentant de nous attirer dans leur restaurant improvisé. Mais il est encore trop tôt. Nous préférons jouir du spectacle incessant de la rue, nous imprégner de cette ambiance fébrile et joyeuse et d'admirer les minarets et les tours splendidement illuminés de Sainte Sophie et de la Mosquée bleue.

Approche l'heure de la rupture du jeûne. Plutôt que de choisir au hasard notre restaurant de plein air, nous observons attentivement le comportement des Stambouliotes et, calquant sur la leur notre attitude, nous penchons pour une taverne qui sera vite bondée et où, ayant commandé et payé par avance notre repas, nous attendrons sagement, comme les Stambouliotes, le chant entrecroisé des muezzins donnant le départ des festivités.

Si je te raconte tout ça, me dit Robert, c'est pour que tu comprennes dans quel état d'esprit d'extrême confiance nous nous trouvions.

Le repas terminé, nous avons continué à déambuler le long de la rue Atmeyani, en quête de baklavas et d'un thé chaud.

Nous avançons dans une foule de plus en plus serrée lorsque je suis bousculé par trois jeunes types, presque des adolescents. Le temps de me retourner et ceux-ci, se perdant dans la cohue, ont disparu dans une allée adjacente. C'est alors que je me rends compte qu'en dépit de la présence assez soutenue de la police touristique, l'on vient de me voler mon portefeuille contenant entre autres choses ma carte d'identité et le visa de la douane turque nécessaires pour pouvoir quitter la Turquie.

Pourquoi dis-je que je suis responsable de cette situation et des événements qui vont s'ensuivre ? Tout simplement parce que, ayant utilisé mon pilulier, je n'ai pas refermé la fermeture Eclair de mon sac et que mon portefeuille, plutôt que d'être planqué derrière mon « guide », était placé devant, bien en vue, à la merci du premier pickpocket venu.

Nous traversons l'Hippodrome. J'interpelle six jeunes policiers de la brigade touristique. Et, dans un anglais approximatif, je leur explique que j'ai été victime d'un vol de papiers.

Ils nous conduisent à une voiture pie. Palabres en turc. Je ne comprends que le terme *Francesi* qui revient souvent. Communications radio. Deux jeunes policiers nous conduisent à une fourgonnette. Nouveaux palabres en turc. Encore le terme *Francesi* et des regards appuyés. Nouvelles communications radio. Les deux jeunes policiers nous conduisent alors au PC[17] de la police touristique, en face de la citerne-basilique. Je me demande à quoi rime ce gymkhana. Comble de malchance, la pluie, fine, insinuante s'est remise à tomber. Et voilà que, plutôt que de prendre ma déposition, les policiers de faction m'expliquent, dans un anglais aussi approximatif que le mien, que ce vol n'est pas de leur ressort, que je dois le déclarer au poste de police du quartier qui se trouve à Sirkeci, derrière la gare.

Compte tenu de l'heure tardive et sachant que nous ne trouverons, comme ici, qu'un service de nuit, je les remercie, leur disant :

- D'accord. Nous irons demain à la première heure !

Et les voilà qui s'excitent, insistants :

- Non. Non. Il faut y aller tout de suite ! Pas demain. Tout de suite !

Et de nous expliquer comment nous rendre à Sirkeci par le tramway, nous faisant marcher, délibérément sans doute, jusqu'à Gulhane alors qu'il y avait un arrêt tout proche, à Sultanhamet même.

Nous voilà donc partis pour Sirkeci. Là, impossible de trouver le poste de police. Nous allons à la gare, demandons notre chemin à un guichetier qui nous envoie à un bureau d'accueil. Et là, flanqué d'un Africain à

---

[17] Poste de Commandement

l'allure plutôt étrange, un type assez interlope parlant le français, nous accueille à bras ouverts comme si nous fussions des amis de toujours. Il nous explique comment nous rendre au poste, nous assure, faussement bon enfant, de ses bons offices, l'œil torve, scrutateur, insistant, nous disant :

- N'hésitez pas à revenir me voir !
- Revenir le voir ? Risque pas ! dit Julie. Tu as vu le regard vicelard de ce type ?

Nous nous perdons dans un dédale de ruelles mal éclairées et apparemment mal famées, ce qui fait dire à Julie, à peine paranoïaque :

- Tu ne crois pas que ce type nous a expédiés dans un traquenard ?
- Pourquoi aurait-il fait ça ?
- Pour qu'on se fasse dévaliser, tiens, pardi !

Nous restons sur nos gardes et nous tombons enfin sur le poste de police de Sirkeci qui se trouve dans une ruelle retirée, sombre, sale, séparée de la voie de chemin de fer par un mur décrépit.

Et nous voilà face à trois flics dont pas un ne parle une autre langue que le turc. Je mime donc : sac ouvert, portefeuille, papiers, vol, précisant « Sultanahmet ».

- Hôtel ? me demande l'un des flics.

Je lui tends la carte de mon hôtel.

Et voilà que le type empoigne le téléphone et appelle notre hôtel où il tombe sur un jeune veilleur de nuit qui ne peut être d'aucune utilité.

Emaillant vainement mes gesticulations de mots anglais et français j'essaie d'expliquer par gestes que son coup de fil ne sert à rien.

- Francesi ? demande-t-il.

J'acquiesce d'un geste. Il repose le combiné, nous fait signe de le suivre et nous voilà partis vers un hôtel qui se trouve près du poste de police. La présence de cet hôtel luxueux dans cette ruelle sombre et sale a quelque chose d'irréel, d'incongru même. On se croirait dans un film surréaliste. Là nous trouvons par bonheur un veilleur de nuit qui parle anglais. Ouf ! Nous ennuis sont enfin terminés !

J'explique la situation.
- Vous êtes sûr qu'on vous a volé vos papiers ?
- Certain !
- Vous auriez pu les perdre ?
- Impossible.

Le type traduit. La mine du flic s'assombrit. Il parle. Dans son discours, toujours le mot *Francesi* et des regards appuyés dans notre direction. Le veilleur de nuit traduit :
- Il faut que vous reveniez demain avec un interprète qui connaisse le français !
- Un interprète ? Où voulez-vous que je trouve un interprète ? Je suis un touriste. Je ne connais personne à Istanbul et le Consulat de France est fermé demain et dimanche !
- Revenez demain. On ne peut rien faire avant demain !

Force nous est donc de nous en retourner à notre hôtel.

Si je te raconte tout ça, insiste Robert, ce n'est pas pour ménager des effets ni pour faire traîner le suspense. C'est pour que tu comprennes ce qui va suivre.

De retour à l'hôtel, nous nous posons mille questions : Pourquoi tout ce micmac pour une simple déposition ? Qu'est-ce qui se passe que nous ne comprenons pas ? Pourquoi sommes-nous soudain confrontés à une poussée de xénophobie alors que les relations franco-turques sont habituellement bonnes et que nous, Français, sommes appréciés par les Turcs ? Est-ce dû au fait que nous sommes Français ? Est-ce dû au fait que nous nous sommes trouvés face à un noyau dur de la police stambouliote, à un noyau nationaliste, fascisant, xénophobe ?

Pourtant, nous avons été bien reçus partout où nous sommes passés. Nous avons noué des dialogues, souvent en français, avec de jeunes Stambouliotes formés au lycée français de Galatasaray tout fiers de nous montrer leur savoir et de nous témoigner leur sympathie. Jamais notre présence n'a suscité de réaction de rejet sauf, oui, une fois, au Grand Bazar, où un jeune vendeur nous a apostrophés, nous disant avec une hargne pour nous incompréhensible à ce moment-là :

- Vous, les Français, je ne vous aime pas ! Vous n'avez pas de parole !

De retour dans notre chambre, nous ouvrons la télé. Et là nous comprenons tout. Sur toutes les chaînes turques et anglaises et sur la seule chaîne française[18] que nous avons pu capter, nous tombons sur un débat houleux portant, en France, à l'Assemblée Nationale, sur la question de l'entrée de la Turquie dans la Communauté Européenne. Sur des images en très gros plan nous découvrons des extraits de l'intervention controversée de Patrick Devedjian[19] sur le génocide arménien perpétré par les Turcs[20]. Se succèdent en boucle les interventions contradictoires et tumultueuses des députés mais aussi, en Turquie, les réactions ébahies de la communauté arménienne et les répliques enflammées, révoltées des hommes politiques et de la rue.

Comme tu peux l'imaginer, la nuit n'a pas été pour nous de tout repos.

---

[18] TV5 Monde
[19] Député UMP, ex ministre
[20] Entre avril 1915 et juillet 1916, le parti des « Jeunes Turcs » alors à la tête de l'Empire Ottoman, extermine 1 200 000 Arméniens vivant sur le territoire de Turquie (2/3 de la communauté arménienne)

Ajoute à ces préoccupations inattendues cette question qui nous taraudait : *« Où diable allons-nous pouvoir trouver un traducteur ? »*

A force de ruminer mille pensées toutes plus sombres les unes que les autres, il me vient une idée toute simple, évidente, que je communique aussitôt à Julie :

- Demain, j'essaierai de contacter Ergün Fatih, le directeur de l'hôtel. C'est avec lui que nous avons communiqué par courriel quand nous avons retenu notre chambre. Il parle anglais. Il nous aidera à trouver une solution.

Le lendemain matin, par chance, nous trouvons Ergün à l'hôtel et nous lui expliquons notre situation.

- Aucun problème ! nous rassure-t-il. Non seulement je vais venir avec vous au poste de police, mais je vais demander à l'un de mes amis qui parle parfaitement l'anglais de nous accompagner. Aujourd'hui et demain le Consulat de France est fermé. Mais dès lundi matin vous vous y rendrez à la première heure et, vous verrez, tout rentrera dans l'ordre.

Il téléphone à son ami qui arrive quelques instants après et nous revoilà partis à Sirkeci dans la voiture de ce dernier.

Nous voici devant le poste de police. Ergün s'adresse aux deux plantons qui gardent l'entrée et nous comprenons à son attitude qu'il leur explique que nous venons pour une déposition. Assez vite, et pour des raisons inconnues de nous sinon que nous sommes Français et que le vote, en France, a mis le feu en Turquie contre les Français, le ton des deux policiers monte. Le terme *Francesi*, accompagné de mimiques et de regards très clairement hostiles à notre égard, revient souvent. Ergün, un homme de trente-cinq ans environ, calme, pondéré, affichant un flegme très *british*, argumente sans se démonter. Le ton des deux flics monte d'un cran. Leurs vociférations attirent deux autres flics, puis trois, qui sortent précipitamment du commissariat. Et ces policiers de s'exciter comme des frelons contre Ergün, ce traître, ce renégat qui prend visiblement fait et cause pour deux maudits *Francesi* en dépit du fait que les Français soient ostensiblement hostiles à l'entrée de la Turquie dans la Communauté Européenne, de ces deux *Francesi* méprisables qui peuvent aller se faire… pendre ailleurs.

Face à ce brutal assaut de violence, Ergün demeure impavide et continue d'argumenter comme s'il se fût trouvé dans une situation habituelle. Le ton monte encore d'un cran. J'essaie d'intervenir pour expliquer que nous voulons seulement faire une banale déposition. Mais, compte tenu de la tension extrême qui règne, Julie m'en dissuade.

Soudain, comme un diable sorti d'on ne sait quelle boîte de Pandore, apparaît un autre policier qui semble être d'un grade supérieur. Celui-ci se met à vociférer à son tour. Il prend à partie Ergün qui, lui, reste toujours calme. Nous comprenons que le gradé furieux insulte copieusement Ergün. La violence atteint un tel paroxysme qu'à un moment le gradé donne un ordre aux policiers qui feignent d'empoigner Ergün pour l'embarquer. Sans perdre son sang-froid, ce dernier continue d'argumenter. Alors, fou de rage, le gradé donne l'ordre fatidique. Quatre flics empoignent Ergün et l'embarquent, lui faisant brutalement gravir la volée de marches qui conduisent au commissariat. Ergün ne crie pas, ne se débat pas. Tout juste oppose-t-il aux flics une résistance passive. Julie et moi emboîtons le pas aux flics, traversant une sorte de vestibule et un hall d'attente.

Julie crie :
- Arrêtez ! Arrêtez ! Il n'a rien fait ! Arrêtez ! Arrêtez !

Peine perdue. Ergün est conduit *manu militari* dans les tréfonds du commissariat pendant que, sortis promptement d'un bureau, un colosse obtus et une femme en uniforme nous barrent fermement le passage.

Effondrés, dépassés par tant de violence, Julie et moi nous asseyons sur un banc de la salle d'attente rigoureusement vide, à l'exception d'un type qui fait les cent pas.

Je ne puis m'empêcher de penser à ce que l'on disait il y a encore peu de la toute puissante police turque, xénophobe, brutale, répressive, prompte à vous incarcérer au moindre prétexte, fût-ce un accrochage de voiture, n'hésitant pas, au besoin, à vous molester et à vous garder au cachot sans véritable raison.

J'en suis à me morfondre quand le type faisant les cent pas s'approche de nous.

Il baragouine un peu de français. A l'évidence c'est un *indic*.

Il a assisté sans intervenir à toute la scène, comme si l'intercession d'Ergün à notre égard ne l'eût en rien concerné. Maintenant qu'Ergün a été emmené, il nous propose, patelin, ses services de traducteur, insistant lourdement sur l'argument suivant :

- Si vous voulez qu'on prenne votre déposition, ne dites surtout pas qu'on vous a *volé* vos papiers ! Dites que vous les avez *perdus* !

Je lui réponds, excédé :

- Perdus, volés, je m'en fiche ! Tout ce que je veux, c'est qu'on prenne ma déposition pour que je puisse la présenter à mon Consulat lundi matin ! Tout ce qui m'importe, c'est de pouvoir prendre mon avion mardi !

Le type entre dans le bureau, interpelle le colosse obtus et la femme qui semble jouir d'une grande autorité. Palabres. Enfin, l'on m'appelle. Et comme je dispose d'une photocopie de ma carte d'identité et de mon permis de conduire qui attestent mon identité, la femme prend ma déposition de *perte de documents*.

- Vous voilà tirés d'affaire ! Vous pouvez rentrer tranquillement, maintenant ! nous dit l'*indic*.

- Ah non, alors ! Pas question ! Nous ne partirons pas tant qu'on n'aura pas relâché monsieur Fatih, le directeur de notre hôtel !

- A votre place, je partirais ! Votre présence ne peut qu'envenimer les choses ! Votre directeur a été grossier, insultant à l'encontre des policiers ! C'est pour ça qu'ils l'ont emmené ! Cette affaire ne vous concerne pas ! C'est un problème entre Turcs ! Ne restez pas là !

- Quoi ? Il n'a rien fait ! Ce sont les policiers qui se sont fâchés contre lui et qui l'ont insulté ! Il n'a rien fait ! proteste Julie.

- Je vous dis qu'il a manqué de respect aux policiers !

- Vous croyez que je n'ai pas compris ? je surenchéris.

- Comment ça ? Vous dites que vous ne comprenez pas le turc et vous prétendez que vous avez compris !

- Oui. A leur attitude générale, à leurs gesticulations, à leurs regards, au mot *Francesi* jeté comme un crachat, à leur hostilité, on a bien compris qu'ils s'en sont pris à monsieur Fatih parce que, à la suite du débat en France sur le génocide arménien, vous, les Turcs, êtes persuadés que nous, Français, sommes tous contre l'entrée de la Turquie en Europe. Et les policiers s'en sont pris à monsieur Fatih parce qu'il nous défendait.

Un sourire matois étire sa face molle :

- Allez ! Ne restez pas là ! Après tout, vous vous en tirez à bon compte ! Alors, n'insistez pas ! Partez ! Partez, maintenant !

- Sinon ? demande Julie.

- Ils risquent de vous reprendre la déposition et de la déchire !

A ce moment, le colosse obtus sort du bureau, palabre avec l'*indic*, et nous fait sèchement signe de partir.

- Non. Nous allons attendre tranquillement ici monsieur Fatih !

Le flic s'avance, menaçant, et Julie, comme tendant les mains vers d'invisibles menottes, dit d'un ton désarmant :

- Vous allez nous embarquer nous aussi ?

Je ne te dis pas le regard meurtrier du flic qui, toute rage bue, s'empresse de rentrer dans son bureau pour ne pas perdre son sang-froid.

Julie et moi nous consultons rapidement.

Estimant que notre présence dans les locaux du commissariat risque d'aggraver la situation d'Ergün, nous sortons et nous postons face à l'entrée contre le mur séparant la rue de la voie ferrée, au nez et à la barbe des deux plantons qui, portables à la main, ne cessent de communiquer sans nous lâcher du regard.

Cette attende dure trois longs quarts d'heure.

Nous nous concertons à nouveau, Julie et moi, nous disant que, comme nous sommes visibles des bureaux qui sont à l'étage, notre présence obstinée risque d'être perçue comme une provocation et d'inciter les flics à être plus durs à l'encontre d'Ergün.

Alors, au vu et au su des deux plantons qui toujours communiquent et ne cessent de nous épier, nous nous postons à l'angle du commissariat, mais invisibles des bureaux.

Et là encore nous passons trois longs quarts d'heure d'attente pesante, insupportable, à nous faire un sang d'encre pour Ergün Fatih.

Quand enfin il apparaît sur le perron du commissariat, aussi flegmatique qu'à l'accoutumée, tout étonné de nous voir là et seuls à l'attendre, son ami s'étant éclipsé dès le début de l'algarade, nous nous précipitons vers lui, le serrant dans nos bras, l'auscultant sous toutes les coutures.

Et lui de nous dire, très décontracté et souriant :
- Rassurez-vous ! Je n'ai rien ! Ils ne m'ont fait aucun mal ! Ils m'ont seulement fait la morale ! C'est de ma faute, aussi ! Tout ça, parce que j'ai perdu patience ! Vous savez, c'est la fin du Ramadan ! Il y a pas mal de jours que nous vivons entre jeûne et festivités. Alors, il arrive que nous ayons un coup de fringale ! Et, quand nous sommes affamés, ça nous rend irritables et il arrive que nous perdions notre sérénité !

Le lundi venu, nous prenons le *vapur*[21] qui traverse la Corne d'Or d'Eminönü à Karaköy, puis le tramway pour Taksim qui nous conduit au Consulat qui se trouve au n°4 de la célébrissime Istiklal Caddesi, cœur bouillonnant du quartier européen d'Istanbul.

Le Consulat est reconnaissable à son porche typique qui ressemble à celui d'une église. En forme d'ogive, encadré par quatre colonnes et surmonté d'une toiture en accent circonflexe, il est ceinturé par de hautes grilles en fers de lances et flanqué d'imposants murs en pierre.

Nous pensions y arriver sans problème, mais une surprise nous attend. L'effervescence habituellement joyeuse et bigarrée de cette rue exubérante a fait place à un autre type d'agitation. Devant le Consulat, un attroupement de Stambouliotes en colère agitant des pancartes hostiles à la France et braillant des slogans haineux nous barre le passage. Le splendide portail à deux battants est fermé. L'entrée est bouchée par une rangée de barrières et un cordon de soldats turcs qui tiennent les

---

[21] Ferry

manifestants à distance. Pour nous, c'est la tuile. Notre retour en France, prévu pour le lendemain, est sérieusement compromis. J'ai impérativement et urgemment besoin du visa de sortie de la Turquie. Or, l'accès du Consulat nous est interdit.

Tentant le coup pour le coup, nous nous faufilons au milieu des manifestants qui beuglent sans faiblir leurs slogans malveillants. Nous frayant un passage sans trop attirer l'attention, nous arrivons tant bien que mal devant les barrières. Un soldat tente de nous refouler. C'est alors que j'aperçois un planton, sans doute un fonctionnaire du Consulat, muni d'un *talkie-walkie*. Je l'interpelle. Brièvement, je lui explique ma situation et, coup de chance, le planton fait signe au soldat, lui dit quelques mots en turc. Le soldat nous ouvre un passage qu'il referme aussitôt derrière nous. Le planton dit quelques mots au *talkie-walkie*. Nous gravissons quelques marches. Un vantail du portail s'entrouvre. Nous entrons. Ouf! Nous sommes dans la place. Tous les espoirs sont permis.

Un autre planton nous prend en charge. Le suivant docilement, nous traversons un vestibule, puis une vaste cour, nous empruntons un large escalier qui nous conduit à l'étage. Le planton nous dirige alors vers un bureau où nous accueille un secrétaire affable.

Je lui raconte ma mésaventure. Je lui présente mon attestation de perte de document. Il me fait remplir un dossier et là, c'est la *cata*. Il me demande deux photos d'identité nécessaires à la réalisation du visa. Je suis consterné. On m'a volé mon portefeuille. Par quel miracle aurais-je pu lui fournir des photos d'identité ?

Comme il a manifestement l'habitude de ce genre de situation, il me suggère de me rendre chez le photographe qui se trouve de l'autre côté de la rue. Oui mais voilà ! La rue grouille de manifestants excités qu'il va nous falloir, à nos risques et périls, affronter à l'aller... et au retour. Mais il n'y a pas d'autre issue possible.

Un peu inquiets, nous sortons et plongeons résolument dans l'attroupement. Tout à leur vindicte contre le Consulat, symbole de la République Française abhorrée, les manifestants ne nous prêtent pas attention. Nous pouvons donc traverser la rue et nous rendre chez le photographe. Munis de nos deux précieuses photos d'identité, nous retraversons la rue, entrons sans encombre au Consulat dont nous pourrons enfin repartir avec le précieux visa.

Lorsque, le lendemain, nous prendrons congé d'Ergün Fatih, celui-ci nous dira :
- J'espère que vous avez passé un bon séjour et que vous garderez un bon souvenir d'Istanbul malgré les désagréments regrettables que vous avez subis ! Quant aux policiers, il ne faut pas trop leur en vouloir ! Vous savez, ils sont un peu sur les dents ces jours-ci avec toutes ces manifestations contre la France. Pour être honnête, il faut ajouter qu'ils sont aussi, comme beaucoup de Turcs aujourd'hui, un peu... fâchés contre vous, les Français ! Mais ça leur passera. En tout cas, je suis content que vous ayez pu obtenir votre visa et que vous puissiez rentrer chez vous !

En le quittant, nous emporterons l'image d'un homme courageux et admirable. Non seulement il nous a soutenus, défendus dans la tourmente mais il a aussi, pour sauver face à des étrangers l'image de son pays, trouvé des circonstances atténuantes à d'abominables flics qui n'ont aucune excuse, de ces nationalistes extrémistes que l'on trouve malheureusement partout dans le monde et que l'uniforme rend trop souvent, hélas, tout puissants !

Un homme prévoyant

Je l'aimais bien, l'oncle Savournin. Je lui rendais souvent visite, chez lui, dans son petit bastidon quillé[22] sur le promontoire calcaire de Miramas-le-Vieux, ce pittoresque et magnifique hameau dominant le village de Saint-Chamas.

De son petit jardin ombragé on pouvait, d'un seul coup d'œil, dans une prodigieuse vision grand-angulaire, embrasser le flegmatique Etang de Berre réfractant dans le balancement de ses vaguelettes sereines les dards d'un soleil incandescent.

Oui, je l'aimais bien, l'oncle, en dépit de son apparence rugueuse et de ses manières bourrues que renforçaient une silhouette sèche et noueuse et un visage ascétique. Car, sous cette image de bougon derrière laquelle il se cachait à dessein, qu'il cultivait même avec jubilation, c'était un homme sensible, doux, attentif et généreux.

Il vivait seul depuis le départ d'Annabelle, sa femme, une *coquinasse* qui ne lui avait valu que des *engatses*[23], selon sa propre expression. Mais il n'était pas pour autant un homme solitaire. Bon vivant, il aimait la bonne chère, le bon vin, le pastis - *le jaune* - habituellement consommé au bar du coin ou sous sa tonnelle, toutes choses qu'il partageait ordinairement avec ses copains. Car il goûtait par-dessus tout la bonne compagnie et dissimulait, sous ses airs rustauds, la perspicacité d'un bon connaisseur et la finesse d'un fin gourmet.

---

[22] Dressé
[23] Ennuis

Il passait pour aimer les femmes, l'oncle.

Cela lui avait valu, auprès des vieilles matrones acariâtres et des vieux garçons envieux et médisants du village, une réputation imméritée de *pistachier*[24] dont il n'avait cure. Certes, il avait bien eu quelques liaisons dans sa vie, dont certaines, assez tumultueuses, défrayèrent la chronique locale. Mais il faut à la vérité de dire qu'étant devenu célibataire contre son gré, il mettait un point d'honneur à ne se créer aucune entrave.

Hâbleur, râleur, fort en gueule, on l'entendait à des kilomètres à la ronde quand, jouant aux cartes, un peu échauffé par le pastis il *s'estrassait*[25] d'une histoire drôle, d'une plaisanterie ou d'un coup tordu ou quand, mauvais perdant, il piquait une colère épique. On aurait pu entendre son rire, ses cris et son homérique accent du Midi, émaillé de ces mots savoureux et de ces expressions inénarrables du parler marseillais jusqu'à Pampérigouste !...

Parfois, avec quelques-uns de ses amis occitans du groupe « *Lei Tambourinaïre dou Carnavau* », il parlait la langue de Mistral, une langue étrangère pour moi, comme un patois que je ne comprenais que par bribes bien que je fusse né en Provence.

Lui aussi m'aimait bien, l'oncle. Il adorait me présenter à ses amis. Comme s'il eût radoté, il leur disait invariablement à chacune de nos rencontres :

- *Vé*[26] ! C'est mon neveu ! Mon neveu Ferdinand ! Ferdinand Valabrègue ! Vous le connaissez pas ? Valabrègue, *dédíou*[27], ça vous dit rien ? Valabrègue, *pétan*[28], celui qu'il est journaliste au « Provençal »[29] ? Il

---

[24] Coureur de jupons
[25] Riait à gorge déployée
[26] Regardez !
[27] Nom de Dieu !
[28] Pétard ! Punaise ! Punaise !
[29] C'était avant qu'il ne devînt « La Provence »

est bien connu, pourtant, *fan de chichourle*[30] ! C'est une tronche, Ferdinand, vous savez ? C'est le fils de ma sœur Marie-Amélie ! Un brave garçon, *vai*[31] ! Il est venu *des Martigues* exprès pour me voir !

Et je lisais, dans ces moments-là, une immense fierté dans son regard...

Un jour que, venu dans la Crau pour un reportage, je faisais un détour pour lui rendre visite, passées les embrassades il me prit par le coude et me dit :

- Mon cher Ferdinand suis-moi, j'ai une surprise pour toi !
- Une surprise ?
- *Voueï, moun béou*[32], et de taille !

Nous descendons les quelques marches qui conduisent à son garage, montons dans sa vieille Simca Aronde et nous voilà partis dieu sait où.

- Oh, l'oncle, tu vas me dire ce qui se passe ?

Il me regarde d'un air faussement innocent et, les yeux plissés de malice, me sourit sans répondre.

Nous descendons les hauteurs de Miramas-le-Vieux et, après avoir roulé pendant quelques kilomètres, nous nous engageons dans une petite route champêtre. Comme c'est l'été, nous sommes harcelés par la stridulation assourdissante des cigales.

- On va loin, comme ça ?
- *Espère*[33] ! On va pas tarder à arriver !
- Arriver où ?
- Tu vas voir !

---

[30] Oh fan, fan de pied, fan de chichourle sont des expressions qui, comme le pécaïre (peuchère !), ponctuent en Provence le discours
[31] Allez !
[32] Oui, mon beau !
[33] Attends !

Et voilà que nous nous arrêtons sur le parking du cimetière.

- Oh, l'oncle ! Si c'est ça ta surprise, elle est de mauvais goût ! De très *très* mauvais goût ! Et lugubre, en plus !

- *Oh fan*, arrête de *brouméguer*[34] ! *Espère* un peu, *fan de pied* ! T'y'as qu'à m'suivre et tu vas tout comprendre !

Nous entrons dans le cimetière. L'endroit est désert et bucolique. Discrètes, les tombes sont bien alignées, bien proprettes et joliment fleuries, le sol et les arbres des allées bien entretenus. Nous sommes poursuivis, là aussi, par l'infatigable et grinçant chœur des cigales. Curieux, un peu inquiet, je le suis docilement dans l'allée centrale puis, tout au bout de cette allée, à gauche, dans la dernière travée. Et là, au beau milieu de la travée, il s'arrête brusquement devant une tombe toute récente et toute pimpante et me dit crânement :

- Nous y voilà !

Je mets quelques instants avant de réaliser la nature de cette surprise qu'il me réservait. Sur la pierre tombale, bien en évidence, trône une plaque de marbre blanc toute neuve sur laquelle, à côté d'une de ses anciennes photos - il y est bien plus jeune et plus fringant qu'aujourd'hui -, l'on peut lire ces mots gravés en lettres d'or :

« Savournin François-Joseph Honnorat
Tambourinaïre
1912……»

- Mais… mais…! C'est toi, ça !
- Eh oui, *moun béou*, c'est bien moi !

Je regarde mieux la plaque.

« Ah ! Il n'y est pas allé de main morte, l'oncle ! Il a choisi une bien belle photo où il est à son avantage ! L'on

---

[34] Râler, rouspéter

croirait qu'il a mon âge !... Tiens ! Il a un deuxième prénom, l'oncle : François-Joseph !... François-Joseph !... J'ignorais complètement ça, moi ! Savournin François-Joseph ! Où sont-ils allés chercher des prénoms pareils, ses parents ?... Bon ! 1912 c'est, bien sûr, l'année de sa naissance !... A côté, évidemment, il y a de la place pour inscrire la date de sa mort ! Il ne pouvait pas en être autrement... Mais pourquoi diable a-t-il fait ajouter « Tambourinaïre » à la suite de son nom ? »

- C'est quoi, ça, l'oncle ? C'est ta dernière trouvaille ? Un de ces tours favoris que tu réserves à tes copains ? Un de ces canulars douteux dont tu as le secret ? Une de tes sinistres mystifications à la noix ? Et pourquoi avoir écrit *Tambourinaïre* sur la plaque ?

- Je *t'esplique* ! *Tambourinaïre*, c'est parce que je fais encore partie du groupe folklorique du village et qu'je tiens à ce titre. J'y tiens même beaucoup, figure-toi ! *Voueï*, c'est même le seul titre auquel je tiens !

- D'accord ! D'accord ! Mais pour le reste ?

- *Oh pôvre*[35] ! C'est rien de tout c'que tu crois ! me dit-il en riant. Rentrons à la maison ! J'vais tout *t'espliquer* tranquillement devant un bon *pastaga*[36], et après, si t'y'es libre, *zou*, on ira manger l'aïoli chez la mère Fouque, au bord de l'étang !

Nous voilà revenus chez lui.

Attablés au jardin à l'ombre bienveillante des pins, nous dégustons un pastis frais à souhait, toujours assourdis par le crissement agaçant des cigales.

- Alors ? demandé-je.

- Bon, j'vais tout *t'espliquer* ! Je n'sais pas exactement à quel moment je m'suis lancé, mais j'ai décidé un jour

---

[35] Oh pauvre de nous !
[36] Pastis

d'organiser moi-même mes propres funérailles. *Voueï, môssieur* ! Je sais qu'ça peut paraître curieux, inattendu, insolite, incongru, macabre et même un peu pervers ! C'est c'que je m'suis dit au début. Mais, en y réfléchissant bien, j'ai fini par me persuader qu'on n'est jamais si bien servi que par soi-même. C'est pas c'qu'y disent, les égoïstes ? Tu vois, moi ça n'm'gênerait pas qu'on m'classe dans cette catégorie-là ! *M'en fouti pas maou*[37] ! Mais trêve de plaisanteries ! En réalité, j'n'ai pas voulu qu'ma mort pèse financièrement et matériellement sur ta tante, - mon ex, comme tu sais - et sur tes pauvres cousins. Et puis j'veux qu'rien n'aille de traviole, j'veux qu'tout soit nickel. Alors, j'ai tout prévu. D'abord *je suis été*[38] au service funéraire du village. J'connais l'responsable. Un nommé Castaing. C'est un copain à moi. On est dans l'même groupe occitan. J'ai réservé un emplacement dans l'cimetière et j'ai fait faire un caveau sur mesure.

- Comment ça, *sur mesure* ?
- Une place, *té*, pardi !
- Et pourquoi une place ?
- *Pas'que* je suis tout seul, *boudíou* ! Qui tu veux qui vienne dans mon caveau, hein ? Mon ex ? Oh, *Bonne Mère* ! Mon ex ! *Qu'ès* tu veux qu'elle vienne faire dans mon caveau, mon ex, *coquin de sort*, après qu'elle m'a *espouti* la gueule[39], *emboucané* la vie, *déquillé* le moral, *ruiné* la santé, pour me *balarguer*[40] à la fin comme une vieille chaussette, cette *jobastre*[41] ! C'est pas qu'je veux parler mal de ta tante, mais tout l'monde y'l'sait qu'elle avait le *taffanari*[42] drôlement baladeur, ta tante ! Ah ! On

---

[37] Je m'en fous pas mal !
[38] Nombreux sont les vieux provençaux qui utilisent *je suis été* pour *je suis allé*
[39] Flingué
[40] Larguer, jeter, abandonner
[41] Folle, folle furieuse
[42] Le cul

peut dire qu'elle m'les a bien fait porter, les bois, *vaï*, et bien haut ! Et dire qu'on a fait quatre *minots*[43] ensemble, ta tante et moi, *coquin de sort* ! Quatre *minots*, *pôvre de nous* ! Et qui c'est qu'tu veux qui vienne d'autre dans mon caveau, hein ? Tes cousins, ces *testassons*[44] qu'je vois jamais ? Ils ont leur vie à eux et moi j'ai ma vie à moi ! Ils ont rien voulu partager avec moi d'mon vivant, alors comment tu voudrais qu'ils partagent le caveau d'leur vieux *counas*[45] de père, hein ? *Vaï*, ils ont d'autres chats à fouetter que d'se préoccuper d'un vieux *marquemal*[46] comme moi ! Et puis *fa caga*[47] ! Après tout, vaut mieux être seul que mal accompagné, non ?

- Eh ! Oh ! Abrège, tonton ! Tu vas pas t'apitoyer sur ton sort, non ? Allez ! Au fait !

- Après la mairie, *je suis été* chez un marbrier de Miramas, un nommé Gouiran. J'ai choisi une tombe sur un catalogue, avec le prix et tout. Il m'l'a fabriquée comme je voulais. Et j'lui ai fait faire la plaque, par la même occasion !

- Eh, dis ! Elle n'est pas mal, ta photo, sur la plaque, hein ? Quel âge tu avais, là ? Quarante ? Quarante-cinq ? *Pétard* ! Tout le monde va croire que tu es mort jeune !

- Te moque pas de moi, *bestiari*[48] ! Oublie pas qu'je suis ton oncle et qu'tu m'dois le respect ! Alors ? Je peux continuer, oui ?

- Vas-y !

- Au marbrier, j'lui ai même payé d'avance l'inscription d'la date ?

- De quoi tu parles ?

---

[43] Enfants
[44] Bornés, obstinés
[45] Con, connard
[46] Type de mauvais genre, infréquentable
[47] Fait chier !
[48] Idiot !

- D'la date d'ma mort sur la plaque, *té*, pardi ! Après ça, *je suis été* à Saint-Chamas voir l'père Fouque, l'mari d'la mère Fouque, celle du resto. C'est l'patron d'une entreprise de pompes funèbres *com'acó*[49] : les « *Pompes Funèbres dou Soléou, Fouque & fils, à votre service depuis plus de cent ans, inhumations & incinérations à la carte, satisfaits ou remboursés* »...

- Tu as fait ça, toi ? Tu as perdu la boule, ou quoi ?

- *Bé* j'ai choisi mon cercueil, *qué* ! Mon cercueil et tout c'qui va avec ! T'y'aurais vu le capitonnage ! *Dédíou*, une vraie merveille ! Du tulle ou j'sais pas quoi, doux, soyeux, léger comme des sous-vêtements de femme ! Un vrai duvet ! Quand on t'fout dans une caisse, c'est plus confortable avec que sans, non ?

- Tu as des plans plutôt morbides, tu ne trouves pas !

- *Vé* ! Quand on crève, ou bien on vous incinère, ou bien on vous colle entre quatre planches. Moi, j'veux pas qu'on crame ma vieille carcasse comme un vieux *boumian*[50]. J'y tiens trop, à ma carcasse, pour qu'on la maltraite, *dédíou*. J'préfère laisser faire la nature ! J'préfère la caisse, et de loin ! Au moins, t'y'es à l'abri des surprises et bien au chaud... enfin, pas autant que quand on t'fait griller dans l'poêle ! Bon. Après tout, j'ai bien l'droit d'choisir, non ?

- Ça te tracasse à ce point ?

- Mais non. Pas plus qu'ça ! C'est vrai, quoi ! Tout l'monde il devrait faire comme moi, tu crois pas ? On sait tous qu'on va y passer un jour ou l'autre et on fait comme si d'rien n'était. On fait tous semblant d'pas savoir. Comme l'autruche qui cache sa tête et montre son cul, *té* ! Pourtant, la vie c'est comme les polars, on meurt tous à la fin !

---

[49] *Comme ça ! Extra !*
[50] Un Gitan

- Et philosophe avec ça !
- C'est bon, *gounflaïre*[51] ! J'peux continuer, *voueï* ? Aux pompes funèbres j'y'ai laissé un habit complet. La chemise, le costard, la cravate, les chaussettes et les godasses, tout comme il faut. Ils ont mis tout ça dans un casier écrit à mon nom. J'ai payé aussi des soins funéraires, mortuaires, j'sais plus comme ils disent, ainsi qu'mon enterrement, avec les fleurs et tout...
- Quoi ? Tu as osé aller jusque-là ? Tu es vraiment frappadingue ma parole ! Dis, l'oncle, est-ce que tu n'aurais pas, comme tu dirais toi, des *cacarinettes* dans le *teston*[52] ?
- Et c'est pas tout. *Je suis été* voir *l'capelan*[53] du village, un nommé Fabre, et j'ai organisé avec lui la cérémonie funéraire : la messe, la bénédiction, l'éloge, les cierges et tout l'saint-frusquin !... Après, on a même bu un coup ensemble, avec *l'capelan*, qu'il crache pas lui non plus sur *le jaune* ou la *mauresque* ![54]
- C'est pas vrai ? Tu n'as pas fait ça ? C'est un comble ! Quand je pense que tu as passé toute ta vie à bouffer du curé !...
- *Oueï*, mais on n'sait jamais ! On peut plaisanter d'ces choses-là tant qu'on est vivant et en bonne santé. Mais, *pôvre de nous,* quand tu vois qu'l'autre, là, cette *bordille*[55] d'faucheuse, elle est là, comme un chasseur à *l'agachon*[56], qu'elle *t'espère* avec impatience et qu'tu vas plonger pour perpète dans le trou noir, c'est une autre paire de manches ! T'y'as plus envie d'faire le mariolle, là, *dédiou* ! La mort, c'est pas comme la SNCF ! Y'a pas d'aller-retour ! T'y'as

---

[51] Casse-pieds, emmerdeur
[52] Tu n'est pas un peu zinzin ?
[53] Le curé
[54] Mélange pastis-orgeat
[55] Salope
[56] A l'affût

droit qu'à un aller simple ! Alors, vaut mieux pas jouer avec le feu ! Vaut mieux tâcher d'prendre l'bon wagon ! C'est comme au loto, *vaï*, faut tenter *d'aganter*[57] l'billet gagnant !

- Ben, mon vieux ! Quand je dis que tu es *calu*[58], l'oncle, je suis encore à côté de la plaque ! Faut être complètement givré pour faire des trucs comme ça, tu ne crois pas ?

Coup de tonnerre au village.

Abrupte, la nouvelle vient de tomber. Elle s'est propagée comme le feu d'une pinède embrasée par une pomme de pin incandescente transformée en grenade incendiaire. Choqués, les gens, formant de petits groupes accablés, se montrent « Le Provençal » qui porte, en première page et en grosses manchettes, ce titre consternant :

> *« Terrible accident de la route au Pays Basque espagnol : un bus transportant le groupe « Lei Tambourinaïre dou Carnavau », quitte la route et tombe dans un ravin. Aucun survivant »*

L'article qui suit raconte le drame :

> *« Un bus transportant le groupe folklorique Miramasséen « Lei Tambourinaïre dou Carnavau » a quitté la route au lieu-dit Cabo de Santa Katalina, à la sortie de Lekeitio, pour des raisons inconnues et s'est abîmé dans les falaises. Il s'est enflammé dans sa chute et a bouté le feu à un bosquet d'eucalyptus ».*
>
> *« Dépêchés sur les lieux de l'accident, les secours et les pompiers, qui ont eu du mal à descendre dans le ravin et à éteindre l'incendie,*

---

[57] Attraper
[58] Zinzin, marteau, barje, allumé

n'ont trouvé qu'un amas de ferrailles, d'objets et de corps calcinés. Ils n'ont malheureusement signalé aucun survivant. »

« Très connu et très apprécié en Provence, ce groupe se rendait au « Festival International des Folklores » de Bermeo. »

« Une enquête a été diligentée pour tenter d'élucider les circonstances de ce tragique accident. »

« A leur famille, à leurs proches, nous présentons nos plus vives condoléances. »

Pauvre oncle Savournin ! Il ne reposera pas dans son tombeau, lui qui avait tout planifié avec minutie, tout prévu avec un sens rare du détail, tout, sauf l'imprévisible ! Quand je pense qu'il ne voulait pas être incinéré !

La vie est étrange qui cache plus d'un mauvais tour dans son sac à malices…

La fugueuse

Chère Caroline, tout a commencé par un billet bref et impératif que m'a subrepticement fait parvenir Emilie, l'hôtesse d'accueil-secrétaire de l'Espace Culturel Paul Cézanne, à L'Estaque : *« Richard. Téléphone. C'est Pat. Ça semble urgent. »*

En m'excusant d'un signe auprès d'Yvon Roubaud, le Président du Secours Populaire qui répond à un interlocuteur sur la question du « Père Noël vert », je quitte discrètement la table des représentants des associations invitées à organiser le calendrier des manifestations estaquéennes.

Je traverse rapidement la salle et je me rends dans le bureau d'Emilie où m'attend, au bout du fil, mon interlocutrice.

- Pat ?
- Salut Richard. Je m'excuse pour la réunion. Je n'ai pas pu venir. J'ai eu un empêchement de dernière minute. Je t'expliquerai. J'ai un problème. Je ne peux pas t'en parler au téléphone. Pourrais-tu venir me voir après la réunion ? C'est urgent et important.
- Mais tu ne peux pas me dire… ?
- Non. Je préfère que tu viennes.
- Bon. Je préviens Agnès pour qu'elle ne s'inquiète pas. J'essaie de m'éclipser dès que je peux. Et j'accours.
- Merci, Richard. Je savais que je pouvais compter sur toi. Je t'attends.

J'appelle immédiatement Agnès :
- Salut ma douce. J'aurai du retard. Pat me demande d'aller la voir pour une affaire urgente et importante. Elle

n'a pas voulu m'en dire plus. Je fais un bond chez elle après la réunion pour voir de quoi il retourne. J'arrive dès que je peux. T'inquiète pas.

La réunion terminée, sitôt partis mes invités, alléguant une question urgente à régler, je m'enfuis en laissant à mes copains de « l'Espace » le soin de prendre en charge le buffet et le rangement.
Vingt bonnes minutes plus tard, je sonne chez Pat.
A quelques kilomètres de l'Estaque, celle-ci habite sur les hauteurs d'Ensuès-la-Redonne une maisonnette héritée de ses parents. Perchée comme un nid d'aigle sur une colline en espaliers et enfouie dans une pinède luxuriante, celle-ci est totalement invisible de la route. De son balcon-terrasse l'on peut jouir à loisir d'une vue panoramique prodigieuse. De là on embrasse d'un regard la pittoresque et minuscule anse de Lilliputiens où, tableau fauviste chatoyant, se serrent indolents, pareils à des modèles réduits flottant sur une eau turquoise, ses *pointus*[59] et ses gracieux bateaux de plaisance éclaboussés de couleurs éclatantes. On aperçoit les discrètes et magnifiques calanques aux allures de cartes postales et les intimes petites plages de sable doré. Et l'on peut admirer, d'un bleu scintillant ponctué de voiles blanches, se perdant au large, au-delà de l'arc en croissant de lune que forme le littoral marseillais, immense, infinie, la Méditerranée.
Avec les précautions apeurées d'une femme qui eût reçu son amant en catimini et qui eût craint d'être surprise, Pat m'entrouvre rapidement et furtivement la porte. J'entre et, saisi, j'aperçois, lovée comme une chatte dans un fauteuil, Iliana qui se lève d'un bond pour venir me saluer.

---

[59] Barque provençale

- Iliana ? Mais qu'est-ce que tu fais là, à cette heure ? Qu'est-ce qui t'arrive ? demandé-je.
C'est Pat qui répond :
- Iliana a fugué.
Je tombe des nues :
- Quoi ?
- Iliana a fugué. Et elle est venue se réfugier chez moi.
Ce fait me paraît d'autant plus extravagant qu'Iliana est une fille sensée, raisonnable, assez casanière et plutôt assujettie à sa famille. J'ai du mal à comprendre ce qui a pu la pousser à quitter son domicile.
J'imagine le pire. Quel drame a bien pu se jouer pour qu'elle en arrive à pareille extrémité ?
Pat enchaîne :
- Nous t'avons appelé parce qu'Iliana ne veut pas retourner chez ses parents et que nous ne savons pas ce que nous devons faire. Ça doit être un sacré remue-ménage chez elle. Son père et ses frangins doivent la chercher partout comme des fous. Nous avons besoin de tes conseils.
- De mes conseils ? D'abord il faudrait que je sache ce qui s'est passé.
- Rien, dit Iliana.
- Comment ça, rien ? Tu n'as pas fait une grosse bourde, par hasard ?
- Non.
- Quoi ? Pas de querelle ? Pas de remontrance ? Pas de réprimande ?
- Pas plus que d'habitude.
- Et tu es partie comme ça, subitement ?
- J'en avais ras-le-bol de toute cette pression que font constamment, *constamment* peser les machos de ma famille sur ma mère, sur mes frangines et sur moi. Ma mère et mes sœurs plient toujours l'échine et se taisent, par

crainte, par soumission ou par habitude, allez savoir ! Mais moi, j'en ai marre, marre d'être constamment blâmée, désapprouvée, houspillée, harcelée et fliquée par-dessus le marché. Je supporte plus. Mon frère Anton, qui normalement ne devrait exercer aucune autorité sur moi, la ramène sans arrêt, sous prétexte que c'est un mec et que c'est l'aîné. Il m'a fait une réflexion de trop sur ma tenue vestimentaire et m'a traitée d'allumeuse. Je me suis rebiffée. Tout le monde lui a donné raison. Alors je me suis barrée.

- Comme ça, sur un coup de tête ?
- Comme ça ! J'en ai marre, à la fin, de devoir vivre tout le temps à supporter le poids de la tradition. Trop c'est trop. C'est vrai, quoi ! On est pas au Kosovo, ici, mais en France. Et je suis pas Kosovare, moi, je suis Française. J'veux pas devenir une femme soumise. J'veux vivre à mon idée.

- Et qu'est-ce que tu vas faire, maintenant ? Pat t'a recueillie mais, comme tu dois te cacher, tu vas être obligée de vivre en recluse. Elle va t'héberger quelques jours. Et après ? Où vas-tu aller ? Que vas-tu faire sans travail, sans argent ? Tu crois qu'on peut tout quitter comme ça, sans réfléchir ? Le mieux que tu puisses faire, c'est de retourner chez toi.

- Retourner chez moi ? Là ? Maintenant ? A cette heure ? La tête basse et la queue entre les jambes ? Jamais de la vie ! Tu les connais pas ! Ils vont me questionner, me harceler, me demander pourquoi je suis partie, chez qui je suis allée, avec qui j'ai été, ce que j'ai fait. Ils vont me traiter de coureuse, de fille perdue. Ils vont me reprocher d'apporter la honte et le déshonneur dans ma famille. Tu connais pas mon père. C'est un Gorani[60], un montagnard

---

[60] Les Gorani sont les habitants de la Gora, dans la montagne du Shar. Ce sont des slaves musulmans.

du Shar[61]. Il est intraitable sur la question de l'honneur. Sur ce sujet, il en est encore resté au moyen-âge. C'est sûr ! Il va me punir durement. Il va me massacrer ! Pas question que je retourne chez moi !

Je soupire :
- Bon. Puisque tu ne veux pas rentrer chez toi, tu vas passer la nuit chez Pat. Demain, nous y verrons plus clair. On dit que la nuit porte conseil. Peut-être trouverons-nous une solution.

Je demande à Pat :
- Avez-vous besoin de quelque chose ? De provisions, par exemple ?
- Non, me répond Pat. D'ailleurs, tout est fermé à cette heure.
- S'il vous manque quoi que ce soit, je peux voir avec Agnès ce qu'on peut faire et revenir.
- Non. Non. Tout va bien. Je vais prêter un pyjama à Iliana, lui donner une brosse à dents. Demain on avisera.
- Parce qu'elle est partie sans rien ?
- Sans rien, me dit Iliana, j'ai rien eu le temps de prendre. Rien. Ni vêtements, ni l'argent de ma tirelire. Rien. Pas même mon pyjama et ma trousse de toilette. Rien. Et elle ajoute, dans un soupir désespéré : j'ai même pas eu le temps de prendre ma précieuse trousse de maquillage.

Face à l'entêtement d'Iliana à ne pas vouloir retourner chez ses parents, il nous fallut mettre dans la confidence, outre Agnès, quelques amis sûrs - Fabienne, Alexis, Jean-Christophe et Damien - les piliers de l'association « Initiatives Citoyennes » et nous nous installâmes dans la clandestinité.

---

[61] La chaîne montagneuse du Shar est située l'extrême pointe du sud-ouest du Kossovo avec, à l'Ouest, l'Albanie et à l'est la Macédoine

Nous devions nous méfier comme de la peste des frères d'Iliana qui, exploitant la moindre piste susceptible de s'offrir à eux, la cherchaient avec acharnement, et particulièrement d'Anton qui furetait partout en demandant, l'œil fouineur et l'oreille aux aguets :
- Z'avez pas vu Iliana ?
Mentant avec un aplomb dont nous ne nous fussions pas crus capables, nous restions de marbre face à ses investigations habiles et aux questions insidieuses qu'il ne manqua pas de nous poser.
Nous apprîmes de sa bouche qu'Enkel, le père, et lui se rendirent au Commissariat de police. Il nous raconta avec force détails l'entrevue avec le policier de service.

- **Je** m'appelle Enkel Stojanovic. Je viens déclarer la disparition de ma fille Iliana.
- Quel âge a-t-elle, monsieur Stojanovic ?
- Dix-huit ans.
- Plus ou moins de dix-huit ans ? Soyez plus précis !
- Dix-huit ans et deux mois.
- Ah ! Ça change tout. Elle est majeure.
- Qu'est-ce que ça veut dire ?
- Que nous ne pouvons pas ouvrir une « Recherche dans l'intérêt des familles ».
- Et alors
- A défaut d'autres éléments qui pourraient nous faire supposer une disparition suspecte, on ne peut rien faire.
- Vous ne pouvez rien faire, vous dites ?
- Rien. Je regrette. Votre fille, elle est peut-être partie de son plein gré. Elle en a parfaitement le droit, vous savez ! Avec les jeunes d'aujourd'hui, ça arrive tous les jours. On enquête seulement quand ils sont mineurs. On voit même de plus en plus d'adultes qui organisent leur

disparition. C'est dire ! Patientez. C'est sans doute une fugue. Il y a des chances qu'elle revienne.

Et Anton de conclure pour nous cet épisode, dans un soupir désabusé :

- J'me demande c'qu'elle fout, la police !

En attendant une éventuelle solution à cette situation apparemment sans issue, nous dûmes nous organiser, nous contraignant à la discipline quasiment militaire que durent et doivent certainement mettre en œuvre tous les résistants du monde : messages sibyllins, signes cabalistiques et langage codé et, pour déjouer toute filature, astuces et précautions de truands en cavale.

Le soir, nous nous retrouvions tous chez Pat où nul ne pouvait se douter que nous fussions et où nul n'eût pu nous débusquer à l'improviste.

Nous venions avec du vin, des fruits, des gâteaux, des amuse-gueules. Nous improvisions une dînette. Parfois nous disions des poèmes. Fabienne jouait de la guitare, Alexis de l'harmonica. Jean-Christophe nous régalait de ses chansons. Ou bien nous jouions au Jeu de l'Oie, au Monopoly, au Scrabble, aux Dames, aux Echecs. Nous parlions beaucoup. Nous riions beaucoup, aussi, nous racontant des anecdotes, des blagues, des histoires drôles.

Au bout de quelques jours cependant, j'avais remarqué qu'Iliana devenait morose. Je me disais que l'enfermement devait d'autant plus lui peser que nous ne trouvions pas de solution à son cas.

Je l'interrogeai pour connaître les raisons de sa mélancolie :

- Je te trouve bien éteinte, bien triste. Qu'est-ce qui te tracasse ?

- Rien.

- Qu'est-ce qui t'arrive ? Tu t'ennuies ?

- Non.
- Alors quoi ? Tu regrettes ta fugue ? Tu veux rentrer chez toi ?
- Non.
- Qu'est-ce qui te préoccupe ? Tes parents ?
- Non.
- Alors quoi ?
- Rien. C'est seulement que j'ai oublié mon indispensable trousse de maquillage ! Je suis désespérée ! Ça me manque furieusement !

Cette aventure durait depuis une quinzaine de jours et nous ne voyions pas le bout du tunnel.

A certains indices à peine perceptibles, nous vîmes qu'Iliana commençait à montrer des signes de lassitude et d'impatience, comme si un regret eût germé en elle.

Alors, ne voyant aucune autre issue possible à cette situation qui s'éternisait, nous commençâmes à envisager son retour, échafaudant plusieurs stratagèmes suffisamment ingénieux pour ne pas la mettre en difficulté, voire en danger, bref, sans qu'elle eût à subir de représailles.

Comme nous rencontrions souvent Anton et que, par lui, nous pouvions connaître les réactions de sa famille, nous élaborâmes une stratégie.

Mettant un soin particulier à en choisir chaque mot, nous rédigeâmes la première lettre, premier ballon d'essai. Nous la postâmes à Avignon, guettant la réaction d'Anton.

Celle-ci ne se fit pas attendre. Anton interpella Damien dans la rue :

- Ça y est ! On a des nouvelles d'Iliana !
- Ah bon ? Et où elle est ?
- On sait pas. Elle le dit pas. La lettre est postée à Avignon mais ça veut rien dire !

- Et qu'est-ce qu'elle raconte ?
- Elle dit qu'elle va bien, qu'on s'inquiète pas pour elle.
- Elle dit pourquoi elle est partie ?
- Oui. Elle dit qu'elle supportait plus l'ambiance à la maison, l'autorité du père, des frères, la tradition kosovare et tout ça ! Des conneries de bonne femme, quoi !
- Et elle dit si elle veut revenir ?
- Non. Pas un mot là-dessus.
- Et si elle voulait revenir ?
- Ch'ais pas trop…

La deuxième lettre fut postée à Nîmes quelques jours plus tard.

Anton interpella Agnès sur le marché :
- Salut Agnès ! Tu sais quoi ? Iliana a encore écrit !
- Ah ! Et qu'est-ce qu'elle dit ?
- Qu'elle nous aime, qu'elle regrette, qu'on lui manque.
- Comment va-t-elle ?
- Elle dit qu'elle va bien, qu'elle est logée chez des amis, qu'elle a trouvé un petit boulot.
- Vous savez où elle est ?
- Non. C'est bizarre. La première lettre a été postée à Avignon, la seconde à Nîmes.
- Est-ce qu'elle parle de revenir ?
- Non.
- Et si elle voulait revenir ?
- Chais pas, moi ! Ma mère et mes sœurs voudraient qu'elle revienne. Mon père il hésite, il est partagé. C'est normal. Il aime sa fille. Surtout que c'est sa fille aînée, *« la prunelle de ses yeux »*, comme il dit !
- Et vous, les frères ?
- On est pas trop pour.
- Et pourquoi ?

67

- Chais pas, moi ! Les femmes elles doivent se plier aux règles de la famille, quoi ! Sinon, elle a qu'à rester où elle est, Iliana ! Majeure pour majeure, elle a qu'à se démerder toute seule, après tout !

La troisième lettre fut postée à Tarascon.

Anton vint me voir au siège de l'association :

- Salut Richard ! Tu sais quoi ? Iliana a encore écrit.
- Ah ! Et alors ?
- Elle dit qu'elle va bien, qu'elle loge chez des amis, qu'elle a trouvé un petit boulot.
- C'est tout ?
- Elle dit qu'elle nous aime, même nous, ses frangins, qu'on lui manque, qu'elle aimerait bien revenir.
- Ah ?
- Oui. Mais il y a un *mais*.
- Et c'est quoi ?
- Elle dit qu'elle est majeure, qu'elle voudrait qu'on cesse de la considérer comme une fille soumise à l'autorité du père et des frangins, tu te rends compte ? Elle dit qu'elle en a rien à cirer, des traditions kosovares, qu'elle est Française et émancipée. Emancipée. Et quoi encore ?
- Et alors ? Qu'est-ce qui te surprend là-dedans ? Iliana est née en France, non ? Elle a grandi en France. Elle est allée à l'école française. Ses amis sont Français. Maintenant qu'elle est majeure, c'est une citoyenne comme les autres, elle a le droit de vote. Et ça t'étonne qu'elle veuille être comme toutes les filles de son âge ?
- Ça me dérange !
- Qu'est-ce qui te dérange ?
- Chais pas, moi ! Qu'elle veuille en faire qu'à sa tête ! Qu'elle se fiche pas mal de nos traditions à nous !
- Bon, je veux bien que vous ne reniiez pas vos origines, que vous soyez attachés à vos racines kosovares.

Je le comprends très bien. Moi-même, ma famille est d'origine sarde et je peux te dire que le poids de la tradition se fait souvent lourdement sentir ! Mais tout de même !...

- Chais pas pourquoi, mais ça me dérange !
- Et tes parents, qu'est-ce qu'ils en disent ?
- Ils voudraient bien qu'elle revienne.
- Alors ou est le problème ?

Ce petit jeu commençait à devenir lassant. On voyait bien que le nœud du problème, c'était Anton.

Alors nous changeâmes de tactique. Nous cessâmes brusquement de donner des nouvelles d'Iliana pour laisser mijoter sa famille. Mais, déterminés à dénouer cette situation qui se prolongeait et devenait intenable, nous ne restâmes pas inactifs.

Nous entreprîmes à tour de rôle de harceler Anton pour exercer, à travers lui, une pression sur sa famille.

- Oh, Anton, des nouvelles d'Iliana ?
- Salut, Anton, qu'est-ce qui se passe ? Elle écrit plus, Iliana ?
- Dis, Anton, qu'est-ce qu'elle a, Iliana ? Elle est malade ?
- Alors, Anton, elle veut plus venir, Iliana ?
- Eh, Anton, c'est vous qui repoussez Iliana, ou c'est elle qui veut plus de vous ?

Et Anton finit par craquer et c'est à moi qu'il se confia :
- Tu sais, Richard, finalement, elle nous manque, Iliana ! Je reconnais que si elle est partie, c'est notre faute. Surtout la mienne. On a voulu la diriger comme une gamine. On l'a enquiquinée sans arrêt. On a été intransigeants avec elle. On l'a pas lâchée d'une semelle. Surtout moi. Et maintenant qu'elle est partie et qu'elle nous écrit plus, on a peur qu'elle soit malade, ou qu'elle

ait fait des conneries, ou qu'elle soit tombée dans la débine, ou pire encore. On voudrait pas qu'elle tourne mal ! On se le reprocherait toute notre vie !
- Ça veut dire quoi ? Que si Iliana revenait vous lui pardonneriez sa fugue, vous lui ouvririez les bras ?
- Oui. Ça veut dire ça.
- Allons ! Allons ! Vous passeriez l'éponge ?
- Oui.
- Sans dispute, sans remarque désobligeante, sans récrimination, sans sermon, rien ? Je ne te crois pas. Ton père est trop fier pour ça !
- C'est pourtant la vérité.
- Ça alors ! Je n'en crois pas mes oreilles !
Et je conclus, au comble de l'hypocrisie :
- Après tout, c'est sans doute ce que vous ayez le mieux à faire !

Le fruit était mûr. Il nous fallait agir vite mais avec circonspection si nous ne voulions pas que nos efforts fussent réduits à néant. Nous nous concertâmes pour adopter une ultime manœuvre qui fût simple et efficace.

Nous adressâmes un nouveau courrier, très bref.

« *Papa, maman,*
Vous me manquez tous terriblement.
Si vous acceptez de pardonner ma fugue et si vous acceptez de me considérer enfin comme une fille majeure, je suis prête à rentrer à la maison.
Je n'ai commis aucun acte dont j'aurais, dont vous auriez à rougir. Vous savez que je suis une fille sérieuse et que vous pouvez avoir toute confiance en moi.
Je serais très peinée si vous refusiez que je revienne.
Votre fille qui vous aime très fort et qui est impatiente de vous revoir »

« PS : Si vous êtes d'accord, mettez-vous en rapport avec l'association « Initiatives Citoyennes » qui me fera parvenir votre réponse à une boîte postale que je vais leur communiquer.
Je vous embrasse très fort. »

La réponse ne se fit pas attendre. C'est Anton qui l'apporta à l'*Espace*. Elle disait succinctement :

« Reviens. Tout est pardonné. Nous t'attendons avec impatience ! »

Nous rédigeâmes le dernier courrier où Iliana indiquait le jour et l'heure de son retour.

Nous inventâmes un ultime scénario dans lequel un hypothétique voyage en train - le trajet, les arrêts, les horaires ayant été méticuleusement étudiés dans un guide de la SNCF - la conduirait d'Avignon à Marseille où Damien viendrait la chercher pour la ramener chez ses parents.

Nous étions au tout début de l'automne. Passée l'insoutenable canicule de l'été qui vous dessèche et vous calcine la peau, le temps commençait à s'adoucir. Les encombrants vacanciers s'en étaient retournés chez eux.

Nous décidâmes de fêter comme il convenait le retour d'Iliana dans sa famille.

Bien que ce fût interdit, nous nous rendîmes, le soir, dans la calanque des Figuières, complètement déserte à cette époque et, squattant un coin reculé de la plage, nous fîmes un discret feu de bois pour y organiser un barbecue.

Fabienne égaya la soirée de sa guitare, Jean-Christophe de ses chansons. Alexis sortit son harmonica. Nous tapions dans nos mains. Nous reprenions en chœur les refrains. Seul Damien qui, tel un amoureux transi n'avait d'yeux que pour une Iliana indifférente, semblait quelque peu taciturne.

Ce fut, autour de ce feu de bois, une veillée mémorable !

J'imagine, ma chère Caroline, que tu aimes les fables qui finissent bien, mais celle-ci n'est pas entièrement terminée.

Ah ! J'attise ta curiosité ? Tu t'attends au pire, supputant quelque issue dramatique au retour de la jeune fugueuse ? Rassure-toi. Iliana fût reçue comme l'enfant prodigue. Même ses frères lui firent fête.

Alors quoi ?

Eh bien très vite Iliana se sentit à nouveau emprisonnée dans sa famille kosovare machiste et traditionnaliste.

Calcul ? Eveil et début d'un réel sentiment amoureux ? Très vite - trop vite ? - elle répondit aux avances pressantes du taciturne Damien qui ne s'attendait pas à cette chance inespérée.

Très vite ils se fiancèrent, au grand soulagement de la petite tribu kosovare et à l'infini bonheur d'Enkel.

Très vite ils se marièrent. Ce fut un beau mariage auquel nous fûmes tous conviés. Une belle fête, vraiment !

Damien l'installa dans l'appartement de Carry-le-Rouet dont il était propriétaire, nid douillet où l'attendait tout ce qu'une femme eût pu souhaiter. Tout, sauf, peut-être, un amour sincère assez formidable et assez généreux pour être ardemment partagé ?

Très vite Iliana qui, de toutes ses forces, aspirait à la liberté, se sentit enfermée, ligotée, engluée dans une histoire où elle avait troqué l'oppressante cage familiale contre une cage dorée non moins contraignante.

Alors, Iliana, l'oiseau bleu qui rêvait de ciel, de nuages et de grands espaces s'envola de sa cage et vola, vola, loin, loin, à tire d'aile, pour se perdre dans l'azur infini.

Qui sait ce qu'elle est devenue, Iliana, la jolie petite brune aux yeux verts ?

Un naïf exceptionnel

- Personne n'a vu Jean-René, par hasard ?
- Non.
- Il n'a pas fait savoir qu'il ne participerait pas au Comité ? Il n'a pas donné un pouvoir à l'un d'entre vous ?
- Non.
- Lui, si ponctuel ! C'est étonnant ! Tant pis ! Nous allons commencer sans lui. L'ordre du jour est chargé. Nous ne pouvons pas attendre plus longtemps.

Nous sommes à Arles, au siège de « l'Athanor », dans d'anciens ateliers désaffectés dont les locaux, qui occupent une surface de 450 mètres carrés environ, ont été rénovés, aménagés et superbement équipés grâce à des financements publics et à l'aide de généreux mécènes qui ont adhéré à notre projet.

Notre Comité se tient au premier étage, dans la salle de réunion qui donne sur le quai Dormoy et domine le Rhône.

Nous trouvons autour de la table l'équipe dirigeante de l'association, en fait les fondateurs de « l'Athanor » : Luigi Castrogiovanni et Yann Vandevelde, les peintres, Jacques Montmirail et Juan-Carlos Savinas, les sculpteurs, Mélina Miniakis et Saïd El-Yacine, les mosaïstes, Carla Romano et votre serviteur, Georges Sampzon, qui sommes céramistes. Manque à l'appel le peintre Jean-René Desjardins. Nous avons aujourd'hui la lourde et difficile tâche d'arrêter le calendrier des manifestations trimestrielles : expositions, conférences-débats et stages de formation.

Nous venons à peine de commencer quand la silhouette massive de Jean-René, géant roux, barbu, hirsute, hilare, débonnaire, s'encadre dans l'entrée de la salle de réunion. Il porte sous son bras droit un paquet plat et rectangulaire soigneusement entouré de papier kraft. C'est, à n'en pas douter, un tableau, un dessin, une gravure ou une lithographie.

Il crie à la cantonade :

- Salut ! Excusez mon retard ! J'ai une surprise pour vous !

Ecartant sans ménagement les dossiers qui l'encombrent, il pose délicatement le paquet au milieu de la table libérée de ses paperasses et, dégustant à l'avance l'effet qu'il va produire, en défait le kraft avec des gestes précautionneux et gourmands, découvrant à nos yeux ébahis une pure merveille, un tableau naïf - une *« Maternité »* - éclatant de force, de vie et de couleur.

Ce fut mon premier contact avec l'œuvre de Vito Giuliano.

- **Il** faut absolument que tu rencontres ce type, Georges !

Outre mes prérogatives habituelles de président de « l'Athanor », j'étais plus particulièrement chargé de la mise en œuvre des expositions. C'est donc moi qui prenais contact avec les créateurs, qui examinais à la loupe leur production, qui jugeais si cette dernière était ou non assez aboutie pour être montrée, qui faisais un choix préalable des œuvres susceptibles d'être exposées et qui, à l'appui de catalogues, de photos, d'éventuels articles de presse, voire d'une ou deux œuvres sélectionnées et confiées à moi par leur auteur, livrais mes impressions au Comité où s'effectuait le choix définitif. Il me fallait donc rencontrer ce Vito Giuliano, afin de savoir s'il avait peint d'autres tableaux, si ses autres toiles étaient à la hauteur de cette incroyable *« Maternité »* que nous avait fait découvrir

Jean-René et si sa production était assez abondante pour justifier une exposition.

Par l'intermédiaire de Jean-René, je pris donc rendez-vous avec ce Vito Giuliano.

Sans doute en avez-vous entendu parler mais il faut que je vous dise quelques mots de « l'Athanor » et de ma fonction de galeriste à laquelle rien, à priori, ne me destinait.

Bien avant que ce splendide village provençal situé en plein cœur des Alpilles ne devînt un lieu touristique à la mode, j'avais installé mon atelier de potier-céramiste aux Baux-de-Provence. Les Baux n'étaient pas alors assaillis comme ils le sont aujourd'hui par cette horde grouillante de touristes peu férus d'artisanat local ou d'art et toujours prompts à acquérir ces articles de pacotille qui n'ont d'art que le nom.

Ce célèbre village fortifié moyenâgeux juché sur son éperon rocheux était encore relativement peu fréquenté et abritait de vrais villageois et quelques artistes. Je vivais convenablement de ma production et je commençais à être connu d'un cercle d'amateurs qui achetaient régulièrement mes œuvres, certainement parce que mon émaillage, mélange de cendre et de flamme - mon secret de fabrication - portait ma griffe, que mes céramiques étaient cuites au raku[62], ce qui était nouveau à l'époque et que, comme j'étais ennemi juré de la série, chaque pièce était vraiment unique. J'avais noué à ce moment-là des relations avec quelques créateurs des environs - Arles, Fontvieille, Saint-Rémy-de-Provence, Tarascon -, mais rien ne me laissait présager que, par suite d'un étrange enchaînement de circonstances, ces rapports allaient se

---

[62] Technique d'émaillage japonaise

transformer en réunions régulières, toujours passionnées et me conduire là où je suis aujourd'hui.

Il est rare que se concrétise l'un de ces mille et un projets des plus fantastiques qui traversent l'esprit enfiévré de n'importe quel créateur, chimères que l'on se ressasse à satiété autour d'un verre, dans l'âcre fumée des cigarettes. Et c'est souvent par hasard que prend forme, allez savoir pourquoi, l'une de ces idées qui attiennent[63] davantage à un souhait caressé qu'à un réel dessein.

La nôtre se matérialisa tout naturellement. Jean-René Desjardins, Yann Vandevelde, Jacques Montmirail, Juan-Carlos Savinas, Mélina Miniakis, Carla Romano et moi, décidâmes de créer une association que, dépourvus d'imagination, nous nommâmes « l'Atelier ». L'objectif était de mettre en commun nos moyens pour exposer ou faire exposer nos œuvres.

Pour qui connaît le caractère individualiste, ombrageux et égotiste des créateurs, une telle décision a de quoi surprendre. Mais il faut dire qu'elle fut prise au cours d'une soirée bien arrosée, dans un immense élan de grandiloquence et de générosité. Le plus surprenant fut que cette volonté d'associer nos énergies survécut à cette soirée et que nous nous mîmes à l'ouvrage sans que nul ne manquât à l'appel.

Très vite, sans doute attirés par la notoriété naissante de « l'Atelier », d'autres créateurs, venus de tous les coins de la région, se joignirent à nous.

L'arrivée de Luigi Castrogiovanni fut déterminante. C'est lui qui, spontanément, mit gracieusement à disposition de notre association ces immenses ateliers

---

[63] Vous ne trouverez le verbe *attenir* ni dans le Bescherelle ni dans le dico. Il est tombé en désuétude et n'existe que sous la forme du participe présent *attenant*. Comme je le préfère à l'imprécis *qui tient à* ou au prétentieux *qui ressortit à*, je le sors de son placard car il me paraît plus explicite dans ce contexte. La langue française a parfois besoin qu'on la bouscule.

arlésiens désaffectés ainsi que les locaux attenants, appentis, garage, logement - une véritable aubaine - que nous occupons aujourd'hui.

Et c'est ainsi que « l'Atelier » devint « l'Athanor », creuset non pas d'alchimistes mais d'artistes, laboratoire vivant des arts plastiques, lieu de rencontre incontournable tout à la fois galerie permanente d'exposition, atelier de recherche et de création, centre de stages d'initiation et de perfectionnement aux différentes disciplines plastiques avec, à la clé, l'organisation de conférences et de débats.

« L'Athanor », qui eût pu n'être qu'une plus que fumeuse utopie rêvée à l'infini, devint, comme vous le savez sans doute, un outil performant au service des créateurs et s'inscrivit rapidement, par la diversité de ses actions et son rayonnement, dans la vie culturelle de notre région.

18 mai 1962. J'ai retrouvé la date exacte de notre première entrevue en feuilletant mes vieux agendas. J'ai 26 ans. Mon interlocuteur doit en avoir 35.

De prime abord, tout me déçoit dans cette rencontre.

Pour commencer, l'homme.

C'est un type petit, trapu, massif, très brun, l'œil vif, le visage glabre tanné, buriné par le soleil, le cheveu court, presque ras, vêtu d'un vieux pantalon tenu par des bretelles et d'une méchante chemise à carreaux du plus mauvais goût. Ce qui me frappe le plus ce sont ses mains calleuses - pas du tout les mains délicates que l'on attend d'un artiste, mais celles, épaisses, rugueuses, dures du maçon qu'il est -, son nez rond et proéminent à la *Mister Magoo*[64] qui lui mange toute la figure, son air emprunté que ne peut masquer son affabilité, son français plus

---

[64] Personnage de dessin animé

qu'approximatif abondamment émaillé de locutions italo-siciliennes et d'expressions provençales et son accent à couper à la hache. Il se présente courtoisement, me présente sa femme, petite souris inexistante qui vit dans son ombre, ses deux filles et son garçon.

Ensuite, le décor.

Je suis dans un appartement exigu, au quatrième étage d'une HLM de Miramas, - « les Terrasses » -, encombré d'un amoncellement de meubles bon marché.

Tout ceci est d'une tristesse accablante. Et quand, craignant qu'il ne s'agisse d'un pastis ou d'un Marsala maison, je décline l'apéritif qu'aimablement il veut m'offrir, je me demande dans quel traquenard Jean-René m'a fourvoyé.

Nous restons un instant à nous regarder, embarrassés, sans rien nous dire quand, rompant brusquement le silence, il me propose :

- Vous voulez voir mes *pintures*[65] ?

Je sursaute, j'acquiesce d'un geste de la tête et le suis dans une petite pièce - presque un placard - qui lui tient lieu d'atelier et où s'entasse, pêle-mêle, un fatras de toiles de tout format, dont certaines sont visiblement inachevées. Sur un chevalet à quatre sous, une *« Pietà »* en voie d'achèvement. Et là, j'ai un flash. Cette *« Pietà »* est de même facture que la *« Maternité »* que nous a montrée Jean-René. Une pure merveille d'art naïf qui n'a rien à envier aux maîtres du genre. Et je me demande par quel indéchiffrable prodige un être aussi fruste peut produire une œuvre aussi achevée.

C'est lui-même qui répond à mes interrogations, comme s'il eût le pouvoir de lire dans mes pensées.

---

[65] Prononcer *pinetoure* à l'italienne ; par la suite, prononcer *ine* pour *in*, *ou* pour *u*, *or* pour *eur*

- Vous savez, me dit-il avec son inimitable accent sicilien, moi-même je sais pas pourquoi je fais ça ! Je sais pas. Je me mets devant la toile. Et je le fais. C'est tout. Et des fois, je fais des choses que moi-même je sais pas d'où qu'il sort ni même ce qu'il veut dire ! Je sais pas ! C'est *un*[66] mystère, *Santa Madonna* !

Je pense : « *Un miracle, oui !* »

Après un lourd silence chargé d'insondables énigmes, il ajoute :

- *Una* nuit, j'ai fait *un* rêve. J'étais au bord de *una* rivière. Dans la rivière, y'avait des femmes toutes nues, *peccato,* qui prenaient le bain ! *Mamma mia*, elles étaient jeunes et belles, ces femmes, que c'était *una* merveille. Et moi je peignais la rivière et les femmes. J'étais heureux, *porca miseria*. Je me sentais léger, léger ! Et le tableau, il se remplissait tout seul. Et c'était beau, tellement beau que j'avais envie de *plorer*. Je me *suis* réveillé en sursaut. Pas de rivière. Pas de femmes. Pas de tableau. J'étais triste, *si, si,* comme le jour où j'ai quitté la Sicile, *si, si,* comme quand le bateau il a quitté le port de Palerme.

Encore un silence, plein de souvenirs, et il reprend :

- Pendant *plusiors* jours, ce rêve il a tourné en rond dans ma tête, sans arrêt, sans arrêt. Vous savez, comme... comment on dit ? La chenille ? Ah oui, comme la chenille de la fête foraine qui vous rend dingo ! Comme le hamster de ma *figlia* Valeria quand il pète les plombs et qu'il tourne dans sa cage comme *un* fada. Et *puis*, vous savez ce que j'ai fait ? J'ai pris quelques sous à la Caisse d'Epargne et je *suis* allé chez le marchand. Et là, *Santa Madonna*, j'ai acheté je sais même pas pourquoi, *una* toile, des *pinceaux*, des tubes de *coulors* ! J'ai même acheté *una* chose pour mélanger les *coulors* qu'ils disent *una* palette

---

[66] Cf. page 76 ; *oune, ouna, souis, pouis, plousiors, jord'houi, inedépendance, etc...*

et ce machin pour poser le tableau qu'ils appellent *un*... *un*... chevalet, que même pas je savais ce que c'était ! *Porca miseria* ! Je me *suis* complètement *ruiné* avec ces *counéries* !... Vous vous rendez compte ? J'ai fait ça, moi, Vito ! *Disgraziato* ! J'ai pris les sous de *la mia famiglia* ! J'ai enlevé le pain de la bouche de mes *ragazze* pour acheter tous ces trucs inutiles ! Qué malheur !

Il soupire, comme me prenant à témoin de cette aberration, et poursuit :

- Je savais même pas moi-même ce que je faisais. Les peintres en bâtiment, ça oui, je les connais. Je les connais bien, même. Toujours je travaille avec eux. Ils font de*s* belles façades avec des belles *coulors* ! *Ma* moi, de ma vie, *peccato*, j'avais jamais entendu parler de cette chose que j'ai *rêvé*[67]. Heureusement que le vendeur il était *gentile* et qu'il m'a bien conseillé ! Et vous savez ce que j'ai fait ? Je me *suis* mis à peindre comme *un* cinglé. *Si, signore*, comme je vous le dis ! J'ai peint la rivière et les femmes, avec les *coulors* et tout ! Et le tableau il se faisait tout seul. Je me sentais léger, léger ! J'étais heureux. Et c'était beau, comme dans mon rêve, tellement beau que je pensais par moments que j'étais retourné dans mon rêve et que j'allais me réveiller ! Et en même temps j'avais peur d'avoir pété *un* câble et d'être devenu complètement marteau !

Un silence intimidé, puis :
- Vous voulez voir ?

Alors, il me dévoila ses « Baigneuses » et, tel un coup au plexus vous coupant la respiration, je reçus un choc esthétique d'une violence et d'une intensité inouïes.

J'eus l'évidente conviction d'avoir en face de moi un véritable artiste. Je le savais certes inculte, analphabète, s'embarrassant comme d'une guigne de ressemblance ou

---

[67] Pour : *rêvée*

de vraisemblance. Je savais qu'il ne connaissait rien aux règles minimales de la peinture. Il ne savait rien des proportions et de l'harmonie des formes. Il ignorait jusqu'aux lois de la perspective qui crée l'illusion de la troisième dimension. Il n'avait jamais entendu parler de la gamme des gris qui ordonnance le délicat ballet des ombres et de la lumière, ni de la gamme chromatique qui détermine la savante, subtile et parfois audacieuse juxtaposition des couleurs. Mais j'étais sûr d'avoir en face de moi un authentique créateur. Sans aucun doute possible, ce type était de ceux qui, loin des sentiers battus, sont capables de créer leur grammaire personnelle et de produire une œuvre originale.

Pour moi, bien que ce Vito fût ennemi des codes les plus élémentaires, bien qu'il ne s'inscrivît dans aucune école, dans aucun courant, et qu'il échappât aux canons avérés de la peinture, c'était incontestablement un pur génie.

Sa première expo dans les cimaises de « l'Athanor » connut un succès foudroyant.

Le plus inattendu fut que Vito Giuliano, le maçon mal dégrossi, - chemise blanche, costard gris perle, cravate sobre assortie, pompes bien cirées -, ne détonnait pas dans ce décor où il eût pu sembler déplacé.

Il répondait sans se démonter aux questions que lui posaient les journalistes ou le public.

- *Ma*, si j'ai fait les Beaux-Arts, moi ? *No, signore* ! Je ne sais même pas moi-même ce que c'est ça, les Beaux-Arts ! Comment j'ai appris ? *Ma* j'ai jamais appris ! Je peins tout seul, comme ça !

- A quel âge j'ai commencé ? Voyons voir... vers 32 ans, par là. Donc, il y a trois ans, par là ! *No*. Je sais pas, *signora*, si je *suis un* auto... comment vous dites ?

autotictac ? Non ? auto - di - dac - te ! C'est *un* mot *difficile*[68] pour moi, ça ! Qu'est-ce que ça veut dire, ce mot ? Qu'on a appris tout seul ? *No, signora.* J'ai pas appris. Je peins. C'est tout !

- *No, signore,* je ne connais rien à la *pinture,* ce qui s'appelle rien. *Niente.* Je ne connais pas les noms que vous dites, Cézanne, Van Gogh et *tutti quanti.* Je n'ai même pas entendu leur nom. Jamais. *Ma* vous savez, chez nous, on ne savait ni lire ni écrire et y'avait pas la télé non *più. Jord'hui,* c'est différent. Mes gosses ils vont à l'école. Oui. J'en ai trois. *Un figlio* et *due figlie.* S'ils travaillent bien ? Et comment, *Santa Madre di Dío* ! Moi, je vous dis qu'ils iront loin, ces *bambini, più* loin que leur père qu'il est *un* bourricot *più* bête comme ses pieds qu'il est pas *été* à l'école ! Mais pour travailler, ah, pour travailler, Vito, ça oui, il craint personne !

- Picasso ? Dali ? Oui, bien sûr, je les ai vus à la télé. *Ma* je sais pas ce qu'ils font. J'ai jamais vu leurs tableaux. Picasso, lui, on le voit souvent aux corridas *avé* le tricot rayé de marin. Surtout près de chez nous. A Arles. A Nîmes. Et Dali, je le vois toujours, avec sa cape, ses moustaches et sa canne, dans la *pubblicità* où il raconte qu'il est *« fou du chocolat Lanvin ». Ma* moi je crois que c'est *lui* qu'il est fou tout court, *povero* !

- Pourquoi je signe ViTo ? *Ma* parce que je sais pas écrire, tiens ! Vito, c'est mon prénom. Vito Giuliano, c'est trop long et trop compliqué pour moi. ViTo, c'est *una* idée de ma *figlia* Teresa. C'est *più facile* !

- *No, signore* ! *Sono Francese* ! Je *suis* Français. Sicilien d'origine, ça, non, je peux pas le nier, ni l'oublier. Jamais on oublie qu'on est Sicilien. *Ma* je *suis* Français. Oui, naturalisé. Ma femme elle est Sicilienne, comme moi.

---

[68] Ici, le mot est italien et se prononce *« difitchilé »*

C'est *una* petite *cugina* de moi. Oui. Elle est naturalisée aussi. Comme moi. C'est mieux pour les enfants, vous savez !

- *Si, signorina*. A Palerme. Je *suis* né à Palerme. Et ma femme, à Monreale. C'est *un* village à côté de Palerme. A quel moment je *suis* venu en France ? En 1951. J'avais 24 ans ! Oui, avec Gina, ma femme. On s'est mariés *juste* avant de quitter la Sicile !

- *Prego* ? *Si. Si.* Mon nom c'est Giuliano, Vito Giuliano ! *Si, signora*. Exactement. Comme Salvatore Giuliano. Vous avez entendu parler de Salvatore[69], vous ? Ah bon ! Comment vous dites ? Qu'on le comparait ici à Cartouche et à Mandrin ? Jamais entendu parler de ces types-là, moi. Chez nous, comment dire ? Salvatore il était comme *una leggenda*. Il prenait aux riches, il donnait aux pauvres ! Et *puis*, il voulait l'*indépendance* de la Sicile. Tous les journalistes du monde entier ils voulaient le rencontrer. Tous. Surtout les femmes ! *Ma, porca miseria*, c'était pas *un bandito* comme les autres, Salvatore, c'était aussi *un* sacré *seddutore* ! Oui. Il a été assassiné en 1950. Il avait 28 ans. C'est trop jeune, vous trouvez pas ? Moi, j'en avais 23. Si c'est pour ça que j'ai quitté la Sicile ? Oui, pour ça aussi. Mais surtout parce qu'y avait pas de travail pour tout le monde et qu'on était payés des salaires de misère. C'est *un cugino* de moi qu'il m'a fait venir en France...

- *Si, signora*. J'étais *un cugino di secondo grado*... *un*... cousin de Salvatore. *Ma* éloigné. Jusqu'en 47, c'était *un* grand *onore* de s'appeler Giuliano. *Ma* après le massacre de Portella della Ginesta, le nom de Giuliano il est devenu maudit. Après la mort de Salvatore, c'était pas bon s'appeler Giuliano en Sicile. Moi ? Non. J'avais rien à voir

---

[69] Paysan, bandit et indépendantiste sicilien, il était une légende vivante (1922-1950)

avec ces histoires. J'étais maçon, à Palerme, comme mon père et comme mes frères. Rien d'autre ! Il fallait travailler dur pour vivre, vous savez ! C'est que la *Mamma il* avait beaucoup de bouches à nourrir. Alors, la *Cosa Nostra*, l'*indépendance*, Salvatore, la guerre entre les gros propriétaires et les paysans et toutes ces choses, ça nous intéressait pas !... *Ma, peccato*, tout ça, c'est le passé !

- Ah ? Vous aimez ma *pinture* ? *Grazie, signora* ! Merci ! Merci beaucoup ! Vous dites que je *suis un* peintre naïf, comme Gauguin ?[70] *Scusi* ! *Ma* je sais même pas qui c'est, ce Gauguin !

- *Si, signore* ? *Scusi* ! Vous voulez... comment vous dites ? Acquérir ? Ça veut dire acheter ? Vous voulez acheter *un* de mes tableaux ? *Grazie, mile grazie* ! Lequel vous avez choisi ? « Le Purgatoire » ? C'est très *gentile* que vous me l'achetez ! Quoi ? *Scusi, ma* je ne comprends pas ce que vous me dites. Qu'il y a dans ma *pinture* quelque chose qui rappelle, comment vous dites ? Jérôme Bosch ? J'ai jamais entendu parler de ce type. Ah ! Pour la vente ? Vous pouvez-voir ça avec Georges Sampzon ? C'est le *dirretore* de la galerie. Oui. Oui. Vous pouvez traiter avec lui en toute confiance ! Et *mile grazie* ! Vous êtes mon premier acheteur ! *Per la Madonna* ! Je *suis sûr* que ça va me porter chance !

- *Si, signore* ? *Prego* ? Vous travaillez pour *una* galerie parisienne ? C'est formidable, ça ! Quoi ? Vous voulez exposer mes tableaux à Paris ? Mes tableaux à moi ? *Ma, signore*, je *suis un petite* peintre *amator* de rien du tout, moi, *un* peintre *du* dimanche, comme on dit ! Les parisiens ils s'en foutent bien pas mal de Vito, *porca miseria* ! Y'a plein de jolies choses à voir à Paris ! *Ma* bon ! Après tout, pourquoi pas ? *Puisque* vous insistez, vous combinez ça avec George Sampzon, *prego*. C'est *l'uomo* que vous

---

[70] Erreur de l'interlocutrice de Vito ; Gauguin était « postimpressionniste »

voyez là-bas, oui, avec la veste en velours, oui, celui-là qu'il a la barbichette et la moustache. C'est lui le *direttore* de l'expo.

Pour Vito Giuliano, le vernissage fut un jour de gloire.

La presse, unanimement dithyrambique, salua ce jour-là la naissance d'une étoile au firmament de la peinture.

A la suite de cette exposition, Vito me demanda de devenir son agent. J'acceptai volontiers son offre, ne soupçonnant pas un seul instant que cette décision allait à nouveau donner un coup de fouet à ma vie.

Au tout début de notre collaboration, comme Vito n'était pas encore connu, j'arrivais sans trop de difficulté à conjuguer mes activités de président de « l'Athanor » et de galeriste avec mes fonctions toutes neuves et pas trop prenantes d'agent.

Ce nouveau travail eut surtout pour conséquence immédiate et plutôt inattendue de m'immerger dans le monde pour moi inconnu jusque lors de la peinture naïve.

Certes, je n'étais pas complètement inculte dans ce domaine. Mais mes connaissances se limitaient à quelques naïfs français reconnus comme Bombois, Vivin, Bauchant ou Séraphine Louis dont j'avais vu des reproductions dans des revues et qui étaient connus sous le nom de « peintres du Sacré-Cœur ».

Mais je ne savais rien, strictement rien de ce monde singulièrement décrié et foisonnant formé par une myriade insoupçonnée de peintres talentueux.

Ces peintres amateurs de toute origine et de toute condition étaient parfois analphabètes, souvent autodidactes. Ignorants la plupart du temps de l'histoire et des règles les plus sommaires de la peinture, ils peignaient d'instinct, poussés par on ne sait quelle force irrépressible qu'ils ne pouvaient ni contrôler ni expliquer. Comme tous les peintres du dimanche, ils se mettaient devant leur chevalet, peignant sans avoir appris. Mais, contrairement à la plupart de ces peintres qui essaient de reproduire à l'identique le paysage, la nature morte ou le portrait qu'ils ont sous leurs yeux les naïfs, eux, s'embarquent dans un monde bien à eux, fait d'évasion, de tendresse, de poésie, de féerie, d'insolite, de fantastique, produisant quelquefois de purs chefs-d'œuvre échappant à toute classification.

Je ne savais même rien, à ce moment-là, de GrandMa Moses, la grand-mère américaine brodeuse de son état qui avait pourtant défrayé la chronique, - une vraie héroïne aux Etats Unis et une célébrité dans le monde entier -, qui se mit à peindre à 70 ans et qui mourut en 1961, à 101 ans, une année à peine avant ma rencontre avec Vito.

C'est dire à quel point j'étais profane en la matière.

Mais, impatient de rattraper le temps perdu, je me plongeai avec délectation dans ce monde singulier et chimérique qui m'ouvrait grand ses passionnants arcanes. Je sautai d'article en article, de livre en livre, d'expo en expo et commençai à fréquenter régulièrement les peintres naïfs. Je commençai à me passionner également pour les naïfs étrangers, avec une prédilection pour les Haïtiens et les Brésiliens. Leur domaine me devint familier. J'organisai plusieurs expos et rétrospectives à Arles, Aix-en-Provence, Marseille puis à Paris, Barcelone, Berlin, Londres, Stockholm, New York, Rio et quelques autres métropoles.

Devenu le collaborateur occasionnel de quelques revues spécialisées, j'écrivis quelques articles qui firent date et, le succès venant, deux ou trois livres qui font encore aujourd'hui référence. Et c'est ainsi que je me taillai, malgré moi, une réputation de critique et d'expert.

Tout ceci me prenait de plus en plus de temps, me rendant de moins en moins disponible à Vito alors que, sa célébrité croissant d'une manière que nul d'entre nous n'eût pu conjecturer, il voulait monopoliser à son seul profit tout mon temps, toute mon énergie et tout mon savoir-faire, se faisant chaque jour plus exigeant. Bref, il voulait que je sois son agent exclusif. Mais l'attention de plus en plus soutenue que je devais lui apporter compte tenu de la place grandissante qu'il prenait dans le monde de la peinture, le développement et la diversification de mes activités toujours plus nombreuses me le permettaient d'autant moins que je ne voulais rien sacrifier de ma passion.

Envisageant la perspective d'un plus que probable enrichissement, d'autres que moi eussent peut-être opté pour la solution de facilité. J'en décidai autrement. Je proposai à Vito de se tourner vers son vrai découvreur, Jean-René Desjardins, qui ne demandait pas mieux que de jouer ce rôle inespéré. Vito finit par accepter, la mort dans l'âme, cette issue qui ne nuisait pas à ses intérêts. Mais il prit ombrage de cette situation qui m'éloignait de lui et il faut bien dire que nos relations, à compter de ce jour, s'en trouvèrent quelque peu refroidies.

Mais je fis bien car je me plongeai de plus en plus intensément dans cet univers ahurissant autrefois tourné en dérision par ceux-là mêmes qui portaient aux nues les « Arts Premiers » - qu'on appelait à ce moment-là « l'Art Primitif » -, incapables d'admettre que certains de nos contemporains pussent, d'instinct, retrouver les mêmes postures que nos ancêtres peignant les fresques rupestres de Lascaux, d'Altamira ou du Tbilissi.

Par ailleurs, ma côte d'expert redoublant, je fus appelé à collaborer au fil du temps à plusieurs entreprises. C'est ainsi que je participai de près ou de loin à toutes les aventures touchant à l'art naïf. En particulier, je contribuai au développement du MIDAN[71] et du fonds « naïf » du département d'Art Populaire du MoMA[72].

Quelque temps après ma séparation d'avec Vito Giuliano, je quittai Arles et « l'Athanor » pour codiriger à Paris le CIPN [73] que j'avais contribué à créer.

Cinq ans après cette fabuleuse équipée, je fus appelé au Museu do Arte naïvo de Sao Paulo.

J'y poursuis encore aujourd'hui mon action, ce qui ne m'empêche nullement de continuer à tisser des liens avec le CIPN, le MoMA et le MIDAN, mais aussi, entre autres, avec le Palais des Naïfs de Bages en Roussillon et le Musée International d'Art Naïf de Nice.

Je poursuis aussi avec acharnement mon travail de découvreur de nouveaux talents.

Cette histoire eût pu s'arrêter là. Car elle est celle de Vito plutôt que la mienne, encore que je doive mon ascension au fait que je l'aie rencontré et, à travers lui, à ma découverte des naïfs.

Mais il me faut ajouter ceci.

Vito devint dans le monde entier, comme vous le savez, cet immense artiste que s'arrachent aujourd'hui les galeries et les acheteurs fortunés.

Mais il travaillait comme un forcené pendant que l'on festoyait chez lui. Il peignait sans relâche dans l'atelier retiré de son immense ferme du Lubéron aménagée à grands frais, pendant qu'une ribambelle toujours plus nombreuse de sangsues, amis de circonstance, oncles, tantes, frères, neveux, cousins, petits-cousins et même arrière-petits-cousins siciliens, braillards comme des

---

[71] Le Musée International d'Art Naïf de Vicq en Yvelines
[72] Le Museum of Modern Art de New York
[73] Le Centre International de la Peinture Naïve

sapajous et voraces comme des gloutons faisaient ripaille, s'empiffrant comme des goinfres de mets fins, de charcutailles et de fromages arrosés des plus grands crus et du meilleur Marsala, produits tout spécialement importés de Sicile.

Infatigable, peu préoccupé de l'état de son intarissable fortune ni de l'invasion de sa maison par cette armada de parasites qui s'évertuaient en vain à dévorer son bien à pleines dents, pris dans l'impitoyable engrenage de la célébrité, il était placé devant la nécessité de produire une œuvre de plus en plus exigeante et de plus en plus abondante.

En dépit de notre éloignement, il ne manquait jamais de demander de mes nouvelles. Jamais il n'omettait non plus de me donner de ses nouvelles personnelles ni de celles de sa famille, et particulièrement de ses enfants.

Nous nous croisions quelquefois à l'occasion de quelque exposition ou de quelque rétrospective, essayant tant bien que mal de nous rapprocher. Mais nos rapports n'étaient plus ceux, chaleureux, du début. C'était comme s'il m'eût gardé rancune de ma désaffection ou comme s'il fût dépité que je ne partageasse pas avec lui cette célébrité et cette opulence qu'il me devait un peu...

... Jusqu'au jour où je reçus dans un tube de carton, soigneusement enroulée de papier de soie, la toile des « *Baigneuses* », avec ce mot laconique :

« *Mon cher Georges,*
C'est vous qui avez vu ce tableau le premier.
Jamais je n'ai voulu le vendre.
C'est à vous qu'il revient.
Pour la vie votre ami reconnaissant.
*Vi**To** »

Un geste inattendu et, dans tous les sens du terme, un inestimable cadeau...

Dans un nid de curés

Chère Louise, cher Daniel,

Jamais je ne vous remercierai assez.

Votre maison forestière enchâssée dans la forêt de Sivens[74] est une pure merveille. Et un vrai havre de paix. La quiétude et le silence, à quelques kilomètres à peine de Gaillac ou de Montauban, quel enchantement ! Et quelle vue imprenable sur l'eau claire et apaisante du Tescounet[75] ! Tout est miraculeusement réuni en ce lieu magique. Tout. La forêt, la rivière, l'isolement, le chant des oiseaux. L'Eden, quoi ! Tout à fait ce dont nous avions besoin, Julie et moi, pour nous ressourcer. Quant à vos voisins, les Labarthe, ce sont de vrais personnages de roman ! Jamais nous n'avons rencontré un couple à la fois aussi atypique et sympathique que celui-là ! Nous avons tout de suite été frappés par ce contraste saisissant qu'offraient la Marie-Jeanne, petite bonne femme remuante, impétueuse, volubile et le Guillaume, gros nounours placide, flegmatique, taiseux, presque mutique. Mais, nom de nom, quelle spontanéité, quelle gentillesse, quelle générosité chez ces deux-là ! Ça ne m'étonne pas que vous soyez devenus amis ! Il faut vous dire qu'ils nous ont immédiatement ouvert leur cœur et leur maison quand Julie et moi sommes allés chercher les clés de votre maison, les saluer de votre part et leur donner les petits cadeaux que vous aviez préparés pour eux. Dès l'instant

---

[74] Lorsque j'ai écrit cette nouvelle, j'étais loin d'imaginer qu'un projet de barrage sur le Tescou allait défigurer la forêt de Sivens, saccagée par les buldozers et allait entraîner la mort d'un jeune manifestant, Rémi Fraisse

[75] Petit cours d'eau se jetant dans le Tescou, affluent du Tarn

où nous sommes arrivés, ils nous ont mis le grappin dessus et ont voulu de toute force qu'après notre installation nous nous retrouvions chez eux pour le dîner. Je puis vous dire qu'à partir de ce moment, pas un seul instant nous ne nous sommes ennuyés ! Ah, nous en avons passé, de bons moments ensemble ! Mais le plus étonnant, c'est cette incroyable aventure qui nous est arrivée pendant notre séjour.

Que je vous raconte !...

Un soir que nous dinions ensemble, dans votre maison, devant un bon feu de cheminée, Marie-Jeanne lança tout à trac :

- Ça vous dirait qu'on aille jeudi à Moissac ? C'est jour de marché et, en cette saison, nous trouverons des champignons, des châtaignes et, bien sûr, du chasselas. Nous prendrions un pique-nique ! Vous connaissez Moissac ? C'est une ville agréable ! Nous pourrions visiter l'abbaye et le cloître, nous promener sur les berges du Tarn ! Et puis nous pourrions rendre visite au débotté à Anselme ! Anselme, c'est mon cousin germain et le frère de lait de Guillaume ! Nous sommes très liés, vous savez ! Nous avons passé ensemble toute notre enfance et une partie de notre jeunesse. Nous ne le prévenons jamais de notre venue. Il faut dire que c'est un homme très *très* occupé. Son calendrier de ministre et un tas de rendez-vous l'éloignent souvent de la ville. Bref, il est aussi insaisissable qu'un feu follet ! Nous aimons bien le surprendre quand, par chance, il est là… et disponible !

- D'accord pour Moissac ! Mais pas de pique-nique qui vaille ! Nous allons bien trouver un petit *resto*, non ? C'est nous qui vous invitons !

Le jeudi, nous voilà partis à Moissac via Montauban et Castelsarrasin.

Dès notre arrivée, après que nous ayons trouvé une place pour notre voiture dans un parking à horodateur - assez difficilement, d'ailleurs, à cause des encombrements provoqués par le marché -, Marie-Jeanne, sans dire un mot, nous entraîne directement vers l'abbaye. Nous n'avons même pas le temps de marquer un arrêt pour en admirer le fabuleux portail qu'elle entre résolument dans l'église et force nous est de la suivre au pas de charge. Apparemment elle cherche quelqu'un. Qui ? Mystère ! Mais l'église est déserte. Alors, nous rebroussons chemin à tout berzingue et nous nous nous précipitons vers le cloître. Et là, apercevant un jeune prêtre, reconnaissable à sa tenue stricte et à son col d'ecclésiastique, qui se tient dans la cour sous l'immense cèdre presque millénaire, elle fonce vers lui et l'interpelle :

- Pardon, monsieur l'abbé, pourriez-vous me dire, s'il vous plaît, si le père Anselme Monteil est visible aujourd'hui ? Je suis sa cousine Marie-Jeanne Labarthe et j'aimerais bien le voir !

- Ah ! Bonjour madame Labarthe, je vous avais reconnue ! Non, le père Anselme n'est pas à Moissac ce matin. Il a rendez-vous avec Monseigneur Andrieux, notre évêque et monsieur Delbecq, le Directeur Régional du Service des Monuments Historiques, à Cahors, à propos d'importants travaux de restauration que nécessite l'abbaye. Mais la bonne nouvelle, c'est qu'il sera de retour en fin de matinée. Vous pourrez le rencontrer à ce moment-là. Il sera enchanté de vous revoir ! Excusez-moi quelques instants, je vais contacter madame Chapuis et lui donner quelques instructions à votre propos !

- Des instructions ?

- Oui. Le père Anselme sera ravi de vous avoir à sa table !
- A sa table, dites-vous ? Mais... Mais il n'en est pas question ! D'abord, nous ne l'avons pas prévenu de notre venue ! Ensuite, nous ne sommes pas seuls, Guillaume et moi. Nous sommes venus à Moissac, comme vous pouvez le constater, avec un couple d'amis... qu'il ne connaît pas. Nous aurions l'air de quoi ? De pique-assiettes ? Pas question de nous imposer dans ces conditions !
- Allons ! Allons, madame Labarthe ! Ce n'est pas un problème ! Il sera tellement heureux de passer un moment avec vous et vos amis ! Il vous voit si rarement !... Entre nous, ça le changera de ses obligations, allez ! J'appelle madame Chapuis, l'intendante !

Le jeune prêtre se saisit de son téléphone portable :
- Allo, madame Chapuis ! C'est le père Alexis. Pouvez-vous, s'il vous plaît, ajouter quatre couverts à midi à la table du père Anselme ? Oui. Quatre. Merci bien. Vous dites entre midi et demie et une heure ? D'accord ! Ah ! J'allais oublier ! Surtout pas un mot au père Anselme de ces quatre invités, s'il arrive avant eux ! C'est une surprise que nous lui réservons !
- Je suis vraiment confuse ! dit Marie-Jeanne.
- Il n'y a pas de quoi ! rétorque le jeune prêtre, qui ajoute : je pense que je vous retrouverai tout à l'heure au carmel !
- Au carmel, dites-vous ? Nous n'allons pas au prieuré ?
- Dieu ! Suis-je étourdi ! Non, le prieuré est sens dessus-dessous en ce moment ! On y a entrepris de très *très* gros travaux de rénovation ! Un vrai chantier ! Nous avons retenu une salle au carmel. Vous savez sans doute où c'est, non ? Il faut prendre le boulevard de Brienne, juste en face de l'abbaye, après la place Durand de

Bredon, monter la côte Saint-Laurent puis prendre, à gauche, la sente du Calvaire. C'est à peine à deux cents mètres d'ici ! N'importe comment, c'est indiqué. Mais vous avez du temps devant vous ! J'imagine que vous allez faire un tour au marché et musarder dans Moissac ?

A peine avons-nous pris congé du jeune prêtre que j'apostrophe Marie-Jeanne :

- Le *père* Anselme ! Dis donc, cachotière ! Tu ne nous avais pas dit que ton cousin était curé !

- Et alors ? Qu'est-ce que ça peut faire ?

- Tu sais bien que nous sommes fâchés avec la religion, Julie et moi. Nous ne vous l'avons pas caché, non ?

- Et alors ? Qu'est-ce que ça change ?

- Ça change tout ! D'accord, nous n'avons pas pour habitude de bouffer du curé, même si nous pensons toujours que *« la religion est l'opium du peuple »*... encore que les choses aient changé aujourd'hui et que le véritable opium, ce soient les jeux électroniques, la télé et les jeux du stade ! Mais, tout de même ! Des impies irréductibles comme nous à la table d'un curé ! Tu imagines le tableau ?

- Et alors ? On voit bien que tu ne connais pas Anselme. C'est un homme très ouvert, très tolérant, très respectueux et très simple ! Regarde ! Nous, qui sommes croyants, disons... par tradition, par habitude et pas du tout pratiquants, nous n'allons à l'église que pour les grandes occasions, mariages, baptêmes, enterrements ! Est-ce qu'il nous en veut pour ça, Anselme, tout curé qu'il soit ? Est-ce que ça l'empêche de nous aimer comme des frères ? Et puis... et puis il en a vu d'autres, Anselme, va ! C'est pas ça qui va le troubler ni gâcher la joie de nous revoir !

Le jeune prêtre est parti. Nous nous retrouvons seuls dans ce cloître parvenu presque intact jusqu'à nous après plus de neuf cent ans de vicissitudes. Nous traversons la cour, nous imprégnant de la palpable sérénité de ce lieu magique qui est ancré dans cette ville comme un vaisseau intemporel. Nous déambulons dans les galeries voûtées, les yeux écarquillés, ébahis par l'élégance et par la légèreté des colonnes de marbre surmontées de chapiteaux finement sculptés, étonnés par l'incroyable robustesse des arcades qui soutiennent encore aujourd'hui la charpente apparente. Nous allons près du pilier d'angle où sont sculptés, dans des plaques de marbre, les apôtres Paul et Jacques dit le majeur - le fameux Saint-Jacques de Compostelle. Puis nous retournons vers l'église.

Enfin nous nous attardons longuement devant le splendide portail méridional dont le tympan, encadré par trois voussures datant des années 1130 et figurant l'Apocalypse, passe pour être, à juste titre, l'un des chefs-d'œuvre de l'art roman.

Puis nous faisons une brève incursion dans l'église. Négligeant le narthex, les chapelles et le chœur, nous nous dirigeons tout droit vers cette curiosité qu'est le sarcophage mérovingien en marbre blanc placé dans une niche, sous l'orgue.

Fin de la visite.

Dehors, comme si nous fussions violemment expulsés d'une bulle de silence, nous voilà immédiatement happés par la furieuse agitation du temps présent, tapageur, turbulent, accablant, terriblement matériel. Nous reprenons brutalement pied dans la fièvre de la vie moissagaise du jeudi, plongeant dans la fourmilière dense, survoltée, criarde et bariolée du marché, avec sa halle tumultueuse et les étals multicolores de la place des Récollets qui le travestissent, pour une matinée, en une gigantesque foire assourdissante et bigarrée. Nous avons l'étrange sentiment d'être tombés par inadvertance au beau milieu du tournage en extérieur d'un film d'action effervescent et plongés, d'un coup, parmi des centaines de figurants surexcités, courant et s'agitant dans tous les sens comme un essaim de frelons irrités. Bousculés de tout côté, nous arrivons tant bien que mal à nous frayer un passage dans une foule exubérante et à marquer quelques arrêts, faisant ici et là quelques emplettes, grappillant au passage du chasselas mûr et sucré à souhait, et goûtant avec délectation au jus de raisin des producteurs locaux.

En prévision de notre invitation au carmel où nous ne voulons pas arriver les mains vides, Marie-Jeanne achète une montagne de gâteaux ; j'achète à profusion du vin, un Saint-Emilion du meilleur cru.

Fuyant la cohue épuisante, nous casons nos achats dans la malle de la voiture qui est à l'ombre et que nous abandonnons pour encore un moment et nous allons nous promener dans le square Jean-Louis Demeurs.

Généreux aujourd'hui, le soleil ardent embrase pour nous complaire le ciel indigo et fait fondre sous nos yeux tout ce bleu aveuglant qui coule et se mêle à la douce opale translucide du Tarn.

Jouant insolemment au *paint ball*, l'automne, coloriste fou, a éclaboussé d'ocres, de roux, de carmins, d'ors, de braises et de flammes les verts insolents des arbres et tavelé les feuilles d'un cuivre létal mais sublime. Et voilà que ce splendide embrasement, par un jeu subtil de miroirs, se répète à l'infini et se réfracte en tremblotant dans l'eau frémissante de la rivière.

Le regard sans cesse sollicité par l'étourdissante symphonie d'un tableau fauviste incendié de pourpre, nous voici à nouveau plongés pour quelques trop brefs instants dans une paix et un bien-être absolus, dans une étrange langueur dont nous aurons du mal à nous soustraire...

Nous nous rendons au carmel où nous sommes accueillis par madame Chapuis. Cette dernière, qui connaît les Labarthe, nous fait fête. Puis elle nous conduit à une petite salle, mi-salon, mi-cuisine, où flambe un feu de cheminée et où nous attend un abbé d'âge assez mûr qui se présente comme étant le père Léonard.

Ce dernier nous invite à nous asseoir autour d'une petite table basse où a été préparé un fastueux apéritif.

A peine avons-nous commencé à faire connaissance qu'arrive un abbé, puis un autre, puis un autre, puis un autre encore et ainsi de suite. Il en vient sept d'affilée. Chacun, à tour de rôle, se présente : Grégoire, François, Julien, Augustin, Alexis - le jeune abbé du cloître - Baptiste, Aristide, dans un enchaînement turbulent et joyeux, un peu étourdissant aussi. Mais, dans ce défilé ininterrompu où ils se suivent comme les perles d'un chapelet, comment se souvenir du prénom de chacun de ces curés dont aucun ne porte la soutane ? Chacun s'enquiert de notre santé, veut savoir qui nous sommes, pourquoi nous sommes là. Visiblement, à part le père Alexis, seuls madame Chapuis et le père Léonard avaient connaissance de notre venue.

Et nous qui croyions ne rencontrer que le père Anselme !

L'apéritif est servi. Nous bavardons à bâtons rompus, dans un climat de parfaite cordialité. Aucune question indiscrète à notre égard. Etonnamment, rien qui touche à la religion. Nous attendons patiemment le père Anselme qui se fait désirer.

« *Jusqu'ici, tout va bien !* » me dis-je...

Et puis arrive d'un pas décidé le père Anselme, grand, bien découplé, beau et avenant sexagénaire. A la vue des Labarthe, il ne peut cacher sa surprise et son bonheur :

- Marie-Jeanne, Guillaume, mes amis, mes frères, quel plaisir de vous voir ici !

Après les embrassades et les congratulations, Marie-Jeanne fait les présentations :

- Voici Julie et Bastien Kovalsky, des amis de Louise et Daniel Ibanez, que tu connais bien. Julie et Bastien sont nos amis maintenant ! Ils sont Nîmois. Julie tient une boutique d'art et d'artisanat qui est à la fois un lieu d'exposition et de vente - elle est elle-même mosaïste - et Bastien est libraire et aussi président, producteur et animateur bénévole d'une radio locale.

- Ah ! Bien ! Enchanté !

On se rassoit, on se pousse, on se tasse un peu pour lui faire une place auprès d'une Marie-Jeanne qui rougit de contentement.

C'est madame Chapuis qui siffle la fin de la récréation en nous invitant à passer à table. Et là, petite gêne : Julie et moi échangeons un regard un peu inquiet. Jusqu'ici, tout s'est déroulé sans anicroche. Que va-t-il se passer maintenant ?

Madame Chapuis nous conduit, surprise agréable, sous une galerie voûtée dans laquelle a été dressée une grande table et qui donne sur une cour intérieure du carmel exquisément embaumée par une profusion de fleurs épanouies dont les grappes aux couleurs chatoyantes explosent au soleil comme un feu d'artifice pétrifié.

Doyen du groupe, le père Anselme est de toute évidence le supérieur hiérarchique de cette singulière bande de curés. Il trône en bout de table. Madame Chapuis nous a placés près de lui en ayant la délicate attention d'installer les Labarthe de l'autre côté, face à nous.

Sur un signe discret du père Anselme, les conversations s'arrêtent. C'est le moment du *bénédicité*.
Aïe ! Malaise. Ma gorge se noue.
« J'y vais ? J'y vais pas ? Je me jette à l'eau ? »
Petit raclement de gorge. Je fais un geste de la main pour indiquer que je souhaite prendre la parole. Le père Anselme, étonné, acquiesce d'un petit signe de tête. Je me lance.
- Excusez-moi ! J'ai quelque chose à vous dire, quelque chose que je ne peux pas cacher, que je ne peux pas taire plus longtemps ! Mais avant toute chose je tiens à vous remercier sincèrement pour l'accueil chaleureux que vous nous avez tous réservé. Je me dois d'autant plus d'être honnête et loyal envers vous. Vous nous recevez comme étant des amis de Marie-Jeanne et Guillaume et vous nous ouvrez généreusement votre table. Pourtant, vous ne nous connaissez pas. Et nous voilà à présent bien embêtés, Julie et moi. Nous voilà dans une situation plutôt... embarrassante. Car, si ce que j'ai à vous annoncer est quelque chose qu'on peut dire en temps ordinaire, dans une conversation, c'est extrêmement difficile à exprimer ici, dans ce contexte particulier... Voilà ! Julie et moi nous sommes... euh !... comment dire ?... nous sommes... incroyants...

Ça y est, la bombe a été lâchée, provoquant un mouvement de stupeur ! C'est le père Anselme qui réagit le premier :
- Comment ça incroyants ?
- Agnostiques. Mécréants. Athées, si vous préférez !
- Ah ?... Donc, vous ne croyez ni l'un ni l'autre que Dieu existe ?
- C'est ça.

- Ah bon ! Nous voici dans une situation pour le moins... inhabituelle... Mais bon !... Et ça vous est arrivé comment de perdre la foi, si ce n'est pas indiscret ?
- Julie et moi avons, évidemment, un parcours de vie différent. Tous deux catholiques au départ, - baptême, communion, mariage religieux avant que chacun de nous ne divorce de son ex conjoint - nous avons cependant poursuivi séparément le même cheminement : de sceptiques, nous sommes devenus *im*pratiquants[76], si vous me permettez ce néologisme, puis incroyants.
- Complètement incroyants ?
- Oui. Nous n'adhérons même pas à l'idée d'un grand horloger de l'Univers ou au concept d'Être Suprême.
- Est-ce à cause de la religion, je veux dire de l'Eglise, du clergé ?
- En partie, oui. Mais pas seulement. C'est notre parcours personnel, notre expérience de vie, notre perception du monde, notre observation et notre raisonnement qui nous ont conduits à ce choix, à cette conviction intime que Dieu n'existe pas et certainement pas sous la forme anthropomorphique qu'on lui prête depuis la nuit des temps. Ce n'est ni le lieu ni le moment pour un débat. Mais, puisque vous posez la question, pour aller au plus simple, nous pensons que bien que nous soyons dotés de raison, d'une conscience, d'une morale, et de règles communes, nous sommes et demeurons des animaux à peine évolués dans ce que nous pourrions espérer de la chaîne de l'évolution. Espèce primitive, timorée et superstitieuse, nous avons toujours peur que le ciel nous tombe sur la tête. Nous vivons perpétuellement dans la peur viscérale du présent, de l'avenir, des autres, de la mort, de l'inconnu. Et nous sommes prompts à nous

---

[76] Néologisme pour *non pratiquant*

raccrocher à n'importe quel espoir, à n'importe quelle fable rassurante, à n'importe quelle illusion ! D'autre part, et bien que l'Univers soit pour nous tous inconnaissable, il nous paraît peu probable qu'il puisse exister une entité bienveillante attentive à chaque individu, surtout lorsque l'on pense au nombre abyssal d'êtres humains *uniques* qui se sont succédés depuis l'origine de l'humanité.

- Etes-vous... antithéistes ?

- Pas pour un sou ! Car comment pourrait-on nier que la croyance en Dieu est partout répandue dans le monde, qu'elle habite le cœur de milliards d'hommes et qu'elle s'exprime quotidiennement dans des actes et des comportements sociaux ? D'ailleurs, Dieu n'est-il pas vivant dans votre esprit ? Et la morale sociale n'est-elle pas pour une grande part calquée sur la morale religieuse ? Nous nous devons de constater et de respecter cela. C'est pourquoi nous sommes très attachés à la liberté de conscience. Nous ne sommes pas des militants de l'athéisme. Nous serions plutôt militants de la tolérance et du respect. Voilà ! Désolés pour Marie-Jeanne et pour Guillaume ! Désolés de les avoir placés dans cette fâcheuse situation ! Désolés infiniment pour vous aussi ! Désolés pour la gêne que nous venons de provoquer ! Vraiment désolés ! Nous ne voudrions pas troubler davantage votre repas. Aussi, permettez-nous de nous retirer !

Le père Anselme se récrie :

- Il n'en est pas question une seconde ! Nous sommes heureux de vous avoir à notre table ! Je vous remercie pour votre franchise et pour votre courage ! Il émet un petit rire amusé : il est vrai que la situation est peu banale. Des incroyants tombés dans un nid de curés c'est, disons, pour le moins... surréaliste ! Mais soyez rassurés, nous ne vous mangerons pas !

Tout le monde de rire à cette plaisanterie, ce qui fait tomber la tension d'un coup. Le père Anselme poursuit :
- Quoi qu'il en soit, soyez les bienvenus parmi nous. Et maintenant, permettez-moi de dire le *bénédicité* qui, pour nous, marquera cet instant particulier... Il ajoute, dans un sourire espiègle : ...cette épreuve que Dieu, sans doute, dans son infinie bonté, nous envoie... (Rires)... cette rencontre... disons... peu commune ! »

Le repas - ou dois-je dire le festin, car ce fut un vrai banquet - fut joyeux... et bien arrosé. Il n'y fut plus question de religion mais de philosophie, de littérature, de musique et d'actualité.

Madame Chapuis avait concocté un menu exquis : après la soupe traditionnelle - pour nous il était curieux qu'elle fût servie au repas de midi -, assortiment de légumes du jardin agrémenté d'avocats aux crevettes et d'œufs mimosa ; civet de lièvre accompagné de rattes[77] rissolées à souhait ; mesclun à la vinaigrette ; plateau de fromages et salade de fruits au porto.

C'eût été plus que satisfaisant. Mais voilà qu'il atterrit sur la table comme s'il en pleuvait - *alléluia* ! - une avalanche de mets imprévus cueillis et préparés par les abbés : sanguins à la marinade, pâté en croûte de canard, gelée de coing, tarte aux prunes, figues fraîches, sans compter les gâteaux de Marie-Jeanne ! Il ne s'agissait plus d'un simple repas, fût-il raffiné et plantureux, mais de vraies agapes ! L'on goûte à tout, l'on déguste, l'on dévore, l'on engloutit à s'en faire péter la panse, bref, l'on fait ripaille ! Le vin coule à flots. Et plus le vin coule, plus les yeux pétillent, les joues s'enluminent, les mines se font réjouies, les langues se délient. L'on rit beaucoup. L'on se

---

[77] Petites pommes de terre qu'on mange avec leur peau

raconte mille anecdotes plus savoureuses les unes que les autres. L'on commente telle mésaventure ou tel événement surprenant advenu à tel abbé ou telle ouaille. C'est que, diable, pour être curé on n'en est pas moins homme. Et cette épicurienne, conviviale et truculente mais toujours estimable et digne assemblée de curés n'est pas faite pour me déplaire, moi, l'athée endurci.

Ce n'était pas sans me rappeler *« Les trois messes basses »*[78] et je ne sais par quelle association d'idées germèrent insidieusement dans ma tête ces bribes du couplet de la chanson des « Moines de Saint-Bernardin » :

« Si c'est ça la vie que tous les moines font
Si c'est ça la vie que tous les moines font
Je me ferai moine avec ma Jeanneton
Je me ferai moine avec ma Jeanneton... »

Repus, satisfaits, un petit peu gris, enchantés les uns des autres, nous prîmes congé dans la bonne humeur, nous promettant de nous revoir.

Dans la voiture, pendant le retour, me trottinait encore dans la tête ce refrain :

« Et c'est ça la vie, la vie, la vie,
La vie chérie Ah ! Ah !
Et c'est ça la vie que tous les moines font
Moines font
Moines font... »

- La prochaine fois, nous irons à Rocamadour ! dit Marie-Jeanne.

Voilà, mes chers amis !
Julie et moi vous embrassons très fort !

---

[78] Célèbre conte d'Alphonse Daudet

Le Petit Théâtre de la Cigale Rouge

- **Q**uelqu'un sait où est passé Julien ?
- Non.
- C'est étonnant qu'il ne soit pas là ! Lui si ponctuel ! Il ne raterait pas sans raison le début d'une répétition. S'il avait un problème, il nous aurait avertis, non ? Personne n'a de ses nouvelles ?
- Non.
- Bizarre qu'il n'ait pas donné signe de vie depuis hier. Peut-être qu'il est malade ? Josy, tu essaies de le joindre dès que tu peux ?
- OK !
- Jacques, tu le remplaces au pied levé. A toi le rôle de Léandre. OK ? Tout le monde est en place ? Bon. Enchaînons ! Josy, Pierre-Jean, on reprend l'entrée en scène de Martine et de Sganarelle ! Et du nerf, hein ! Du nerf, bon sang ! Vous n'êtes pas dans le coup ! Je vous trouve trop mollassons, pas assez agressifs, pas assez violents ! Votre querelle n'est pas convaincante, mais pas convaincante pour deux sous ![79] Affrontez-vous, bon dieu ! Empoignez-vous comme des sauvages ! Disputez-vous comme des fauves déchaînés, nom de nom ! Echarpez-vous comme un couple prêt à en venir aux mains, prêt à s'étriller ! Je vois Martine comme une chatte furibarde prête à bondir toutes griffes dehors et Sganarelle comme un chien enragé prêt à mordre ! Alors, lâchez-vous, allez-y franco. OK ?

---

[79] La troupe répète la pièce de Molière « Le Médecin malgré lui »

C'est à ce moment précis que Jeanne-Marie, ma compagne, m'interpella :
- Léo, une lettre pour toi ! Ça semble important ! Ça vient du Commissariat de police !

Je me dis : *« Le Commissariat ? Que diable peut bien me vouloir le Commissariat ? Je n'ai commis, à ma connaissance, aucun délit, aucune infraction. Je n'ai, que je sache, aucune amende à payer ! A moins qu'il ne soit arrivé quelque accident à Julien ? »*

Je me perdais en conjectures sur les raisons de ce courrier lorsque, décachetant avec plus de curiosité que d'inquiétude l'enveloppe qui m'était adressée, je découvris, laconique, la convocation :

« Monsieur,

Vous êtes prié de vous présenter au Commissariat de police ce mercredi 7 mai à 14 h 30 pour y être entendu par suite d'une plainte pour agression de mademoiselle Elisabeth Chave... »

« Elisabeth ? Quelle Elisabeth ? Je ne connais pas de... Ah oui, bien sûr ! Babette ! Cette fille un peu frappadingue qui tournicote autour du beau Julien, le jeune premier, le Léandre de la pièce ! Cette allumée qui lui colle à la culotte ! Et elle a porté plainte pour quelle agression, cette barje ? C'est quoi, ce micmac ? »

Que je doive me rendre, moi, au Commissariat, consécutivement à la plainte pour agression de cette Babette qui était toujours fourrée au théâtre, voilà qui poussait au paroxysme ma perplexité.

Comme tu peux l'imaginer, *dear*[80] Allison, je me trouvai le lendemain, à l'heure dite, au Commissariat.

---

[80] *« Chère Allison »* (où l'on comprend qu'Allison, la correspondante de Léo, est anglaise ou américaine)

En présence d'un agent de police en civil que je connaissais vaguement, je fus accueilli avec une froideur toute professionnelle par le commissaire, Jean-Pierre Péroni, que pourtant je connaissais bien mais qui me gratifia d'une poignée de main sèche et brève.

- Asseyez-vous, je vous prie. Je vous ai convoqué pour vous entendre à propos d'une plainte déposée contre vous par mademoiselle Elisabeth Chave…

- Contre moi ?

- Contre vous ! Pour complicité et non-assistance lors d'une agression sexuelle qu'elle a subie en votre présence dans votre théâtre, l'agresseur étant monsieur Julien James qui a été placé en garde à vue et interrogé.

Me voilà sonné, KO debout, comme si le plafond du commissariat me fût tombé sur la tête.

- L'agent Ramirez va prendre votre déposition.

Le commissaire me laissa seul avec l'agent dans la pièce exigüe.

Impassible, ce dernier s'adressa à moi :

- Monsieur, je vais enregistrer votre déposition au magnétophone. Etes-vous prêt ?

Je fis un signe de la tête. Il mit en marche le magnétophone et, d'une voix monocorde, commença son interrogatoire.

- Votre nom ?

- Mais vous le connaissez, mon nom, monsieur Ramirez !

- Votre nom, s'il vous plaît !

- Righetti.

- Comment ça s'écrit ?

- R. I. G. H. E. deux T. I.

- Votre prénom ?

- Léo… euh… Léopold.

- Votre nationalité ?
- Française.
- Date et lieu de naissance ?
- 12 juin 1985 à Villeurbanne.
- Votre adresse ?
- 15, impasse des Sagnes à Salins-de-Giraud.
- Votre profession ?
- Directeur-metteur en scène du « Petit Théâtre de la Cigale Rouge[81] » à Port-Saint-Louis-du-Rhône.
L'agent marqua une pause puis reprit :
- Je vais vous lire l'accusation que mademoiselle Chave porte contre vous.
Il se saisit d'une feuille posée sur son bureau et m'en lit posément le contenu :
« *Le lundi 5 mai, vers 19 h/19 h 30, j'ai subi une tentative de viol par un comédien, Julien James au « Petit Théâtre de la Cigale Rouge ». Le directeur, monsieur Righetti, se trouvait sur place. Non seulement il n'est pas intervenu mais il a quitté les lieux en me laissant seule avec mon agresseur.* »
Il marqua de nouveau une courte pause puis, revenant à l'enregistrement de l'interrogatoire, reprit :
- Qu'avez-vous à répondre à cette accusation ?
- C'est un tissu de mensonges !
- Monsieur Righetti, étiez-vous au théâtre ce lundi 5 mai vers 19 h/19 h 30 ?
- Oui.
- Où étiez-vous ?
- Sur la scène ?
- Qu'y faisiez-vous ?
- Je rangeais quelques accessoires.
- Où était monsieur James ?

---

[81] L'une des espèces de cigales que l'on trouve en Provence

- Pour moi, il était parti avec les autres comédiens.
- Il n'y avait donc personne d'autre, à part vous, dans le théâtre ?
- A mon avis personne.
- Pouviez-vous voir la salle d'où vous étiez ?
- Non. Je tournais le dos à la salle.
- Y avait-il quelqu'un d'autre que vous dans la salle ?
- Je pensais que non mais en réalité il y avait monsieur James et mademoiselle… euh… Chave.
- Comment le saviez-vous, puisque vous tourniez le dos à la salle ?
- Je les ai vus au moment de partir, quand je suis descendu de la scène.
- Donc, mademoiselle Chave n'était pas partie non plus ?
- Comment ça ?
- Je veux dire qu'elle n'était pas partie en même temps que les autres comédiens ?
- Mais mademoiselle Chave n'est pas comédienne !
- Ah ! Que faisait-elle au théâtre, alors ?
- Cette fille que nous connaissons tous sous le diminutif de Babette est une habituée de « la Cigale Rouge ». Il est rare qu'elle rate une répétition. Mais croyez-vous qu'elle vienne par amour du théâtre ? Pas du tout. Molière, le « Médecin malgré lui », elle s'en fiche complètement ! Elle n'y vient que pour les beaux yeux du beau Julien, le jeune premier. Elle est folle de lui. Elle ne le lâche pas d'une semelle. Et lui se fiche d'elle. C'est du moins l'impression qu'il donne. Il est indifférent ou du moins feint d'être insensible à ses avances. En tout cas, il n'y répond pas et prend grand soin d'éviter cette demoiselle qui le harcèle littéralement.
- Vous êtes sûr de ce que vous avancez !

- Certain ! N'importe qui, au théâtre, pourrait vous le confirmer.

- Reprenons. Donc, au moment où vous êtes descendu de la scène, il n'y avait que vous, mademoiselle Chave et monsieur James dans le théâtre ?

- Oui.

- Il n'y avait personne d'autre ?

- Personne.

- Où étaient monsieur James et mademoiselle Chave lorsque vous les avez aperçus ?

- Près de la sortie.

- Que faisaient-ils ?

- Quand je suis arrivé près d'eux, j'ai vu qu'ils se disputaient. Julien, qui semblait très en colère contre elle, avait saisi les poignets de… Babette et avait plaqué ses bras haut levés contre le mur. Je lui ai entendu distinctement dire d'un ton incisif, comme s'il lui crachait au visage : *« Ça suffit ! Maintenant tu me lâches ! D'accord ? »*

- Et ça voulait dire quoi ce *« Tu me lâches ! »* d'après vous ?

- Tout le monde sait que ça veut dire *« Fiche-moi la paix ! »*

- Que s'est-il passé ensuite ?

- Rien. Julien, furieux, a lâché les poignets de Babette qui s'est enfuie en pleurant. Julien, l'air sombre, m'a emboîté le pas sans un mot et nous sommes sortis.

L'agent interrompt l'enregistrement, manipule quelques touches de son magnétophone et me dit :

- Je vais vous faire écouter la déposition de mademoiselle Chave.

Il met le magnétophone en route et j'entends la voix étouffée de cette foldingue de Babette qui raconte :

- « *Le lundi 5 mai, vers 19 h/19 h 30, je me trouvais au « Petit Théâtre de la Cigale Rouge »*

« *J'étais dans la salle. J'assistais à la répétition de la pièce « Le Médecin malgré lui »*

« *J'étais seule. Il n'y avait personne d'autre que moi dans la salle.* »

« *La répétition était terminée. Les comédiens ont quitté la scène et sont partis, à l'exception de Julien, je veux dire monsieur James, qui a traînassé dans la salle. Léo, je veux dire monsieur Righetti, le directeur, est resté sur la scène. J'étais sur le point de partir lorsque monsieur James m'a rejointe précipitamment, m'a ceinturée et m'a violemment poussée contre le mur.* »

« *Monsieur James m'a empoigné les deux bras et m'a plaquée brutalement contre le mur. J'ai détourné la tête parce que je pensais qu'il allait tenter de m'embrasser de force et que je voulais l'en empêcher. Mais il s'est collé contre moi. Il m'a immobilisée puis, libérant sa main droite, il a commencé à me caresser partout, partout, comme un chien fou, d'abord par-dessus mes vêtements, ensuite en farfouillant sous mes vêtements. Il s'est fait de plus en plus pressant, de plus en plus insistant, de plus en plus insinuant. Il a relevé ma jupe et abaissé mon slip et il a essayé de glisser sa main dans... dans mon intimité. C'était comme s'il avait perdu la tête.* »

- « *Avez-vous crié ?* »

- « *Non. J'étais complètement terrifiée.* »

- « *Vous êtes-vous débattue ?* »

- « *J'ai essayé mais j'étais collée contre le mur et comme tétanisée.* »

- « *Poursuivons !* »

- « *Monsieur Righetti est descendu de la scène. Il est passé devant nous, presque à nous frôler. Il nous a regardés d'un air absent, sans rien dire, sans faire un geste et il a disparu, me laissant seule avec mon agresseur... »*

- « *Et ?* »

- « *Nous nous sommes retrouvés seuls, Julien... euh, monsieur James et moi... et alors... Julien... monsieur James... a essayé de me... violenter...* »

- « *De vous violenter, dites-vous ? Soyez plus précise, je vous prie !* »

« *De me... euh... de me violer... Heureusement, j'ai retrouvé mes esprits et dans un sursaut d'énergie j'ai réussi à me dégager, je l'ai repoussé de toutes mes forces, et je me suis enfuie. Monsieur James est resté dans le théâtre. Je pense qu'il a dû être médusé par ma réaction.* »

- « *Persistez-vous dans votre déclaration ?* »

- « *Je persiste dans ma déclaration.* »

- « *Etes-vous prête à signer la déposition écrite ?* »

- « *Oui.* »

L'agent arrêta l'enregistrement, manipula derechef les boutons du magnétophone afin de reprendre l'interrogatoire, marqua une pause et me regardant droit dans les yeux, il me demanda :

- Monsieur Righetti, vous avez pris connaissance de la déposition de mademoiselle Chave. Et, comme vous pouvez le constater, sa version diffère complètement de la vôtre ? Qu'en dites-vous ?

- Je dis qu'elle ment.

- Et quel intérêt aurait-elle à mentir ?

- Babette est dingue de Julien et Julien la dédaigne au vu et au su de tout le monde. C'est même un sujet de plaisanterie au théâtre. Elle doit être folle de rage. Il faut s'attendre à tout d'une femme humiliée et dépitée, vous savez !

- Je le répète, quel intérêt aurait-elle à mentir ? Vous savez, une tentative de viol, ce n'est pas banal. Et en général une jeune fille agressée regarde à deux fois avant d'en parler, surtout à la police. Alors, monsieur Righetti, êtes-vous passé devant eux sans réagir, alors que monsieur James agressait mademoiselle Chave, comme elle le prétend ?

- Jamais de la vie !

- Alors, d'après vous, il n'y a pas eu d'agression sexuelle ? La version de mademoiselle Chave est fausse ?

- A cent pour cent. Cette accusation de tentative de viol est bidon. Je le répète. C'est Babette qui poursuivait Julien de ses assiduités et pas le contraire.

- Vous persistez dans vos déclarations ?

- Oui.

- Vous dites une chose, mademoiselle Chave en dit une autre. Il n'y a aucun témoin de cette scène. C'est parole contre parole. Vous êtes sûr que vous ne voulez rien changer à votre déposition ?

- Certain... Attendez ! Babette a bien dit qu'elle portait une jupe ? C'est faux. N'importe qui dans la troupe pourra vous le dire. Babette ne porte jamais de robe ou de jupe. Elle est toujours en *jean*. De plus, si elle avait été agressée comme elle le prétend, elle aurait crié, elle se serait débattue, elle aurait essayé de griffer et de mordre Julien. Je serais immédiatement intervenu.

- Etes-vous prêt à une confrontation avec elle ?

- Sans hésitation !

Me laissant seul pendant quelques instants, l'agent se leva, alla chercher Babette et la fit entrer dans la petite pièce.

Je te laisse imaginer, *dear* Allison, le sursaut de stupéfaction de Babette lorsqu'elle m'aperçut. Tu peux me croire, sa surprise n'était pas feinte. Elle ne s'attendait pas, mais pas du tout, à me voir en ce lieu. Elle était vêtue comme à l'accoutumée d'un *tee shirt,* d'un *jean* et portait des *baskets.*

L'agent la fit s'asseoir à côté de moi et, se tournant vers elle, l'interrogea :

- Connaissez-vous cet homme ?

- Oui, répondit-elle en évitant de me regarder, c'est monsieur Righetti, le directeur de « la Cigale Rouge », balbutia-t-elle.

- Parlez plus fort, s'il vous plaît. Vous accusez ce monsieur de complicité et de non-assistance lors d'une agression sexuelle que vous auriez subie en sa présence dans son théâtre, l'agresseur étant monsieur Julien James. Maintenez-vous cette accusation ?

- C'est que...

- C'est que quoi ? Savez-vous que la version que donne monsieur Righetti ne correspond pas à la vôtre ? Par contre, elle colle point par point à celle de monsieur James. Et je doute que ces deux messieurs aient pu échafauder une version commune. Car à quel moment auraient-ils pu se concerter ? Alors, qu'avez-vous à dire ? Connaissez-vous les peines que vous pourriez encourir pour accusation mensongère si ces deux hommes que vous accusez se retournaient contre vous ? Alors, dites-moi, maintenez-vous votre accusation ?

Pas de témoin. C'était parole contre parole. Je craignais que Babette, toute à sa soif de vengeance, persiste et maintienne son accusation infondée. J'imaginai en un éclair toute la kyrielle d'ennuis dans lesquels serait plongé Julien et auxquels je serais immanquablement mêlé malgré moi. Je me voyais traîné dans la boue. J'imaginais mon honneur souillé, Jeanne-Marie effondrée, la pièce interrompue, le théâtre fermé, mes collaborateurs et amis au chômage par le seul caprice d'une petite garce en chaleur, Phèdre[82] de pacotille, frustrée, butée et terriblement malveillante.

C'est alors que Babette s'effondra et que, la voix entrecoupée de sanglots, elle essaya de justifier son geste insensé :

- J'aime Julien... Je l'aime... à la folie... Et lui ne m'aime pas... Il m'évite... Il me fuit... Il me déteste... Il me repousse... Il me méprise... Il se moque de moi... Il n'a jamais cessé de m'humilier... Alors... Alors, j'ai voulu me venger... J'ai voulu lui donner une bonne leçon... J'ai inventé cette histoire pour qu'il soit puni pour sa méchanceté envers moi... Mais je ne pensais pas que ça irait si loin... Non... Je ne pensais pas que ça irait si loin... Je suis désolée... Je suis vraiment désolée...

Je poussai un soupir de soulagement.

Le gardien se leva de sa chaise et me tendit la main :

- Monsieur Righetti, vous êtes libre ! Veuillez accepter nos excuses ! Je vais faire relâcher monsieur James. Quant à vous, mademoiselle Chave, vous restez à la disposition de la police en attendant la décision que ces messieurs que vous avez injustement accusés prendront à votre encontre.

Je te connais bien, va, *my dear* Allison ! Je te vois d'ici lâcher la bride à ton imagination fertile de romancière ! Tu crois pouvoir deviner la fin de cette histoire hein ?... Eh bien détrompe-toi !...

Bien sûr, tu peux facilement concevoir que j'ai attendu Julien sur le parvis de l'Hôtel de Police et déduire sans peine que quand il est sorti il s'est jeté dans mes bras comme un naufragé s'accrochant à sa bouée de sauvetage. Tu peux également imaginer ses yeux fiévreux, son visage mangé de barbe, ses cheveux hirsutes, ses vêtements sales

---

[82] Dans le « Phèdre » de Racine, Phèdre aime Hyppolite qui la repousse

et fripés. Mais comment aurais-tu pu réaliser qu'il fût couvert de la tête aux pieds d'une infinité de piqûres provoquées par des centaines de puces et de punaises de lit qui avaient niché dans l'infâme grabat où, avant lui, avaient dû se succéder des cohortes de clodos, qu'il se grattât furieusement partout comme un chimpanzé infesté de poux et que, dans son étreinte intempestive, il m'eût généreusement refilé quelques-uns de ses indésirables locataires ?

Tu peux conjecturer – je sais, *dear* Allison, que tu aimes bien ce mot ! - le soulagement et la joie qu'éprouva Jeanne-Marie en me revoyant libre et la fête que nous firent, en nous retrouvant, tous nos amis comédiens, machinistes et régisseurs qui se pressèrent joyeusement autour de nous. Mais comment aurais-tu pu supposer que, bien qu'ils se fussent bien gardés de s'en vanter, ils héritassent eux aussi de quelques-unes de ces délicieuses petites bestioles suceuses de sang ?

Tu peux enfin soupçonner que ni Julien ni moi ne portâmes plainte contre Babette qui fut relâchée sans autre forme de procès.

Mais jamais, jamais tu ne pourras, *my dear*, imaginer la conclusion de cette histoire.

Jamais !

Eh bien figure-toi qu'aussi étonnant que cela puisse te paraître cette mésaventure fut le début d'une véritable idylle entre Babette la « groupie » énamourée et Julien « le bel indifférent ».

Et, le plus incroyable, vois-tu, c'est que cet amour dure toujours…

Amazing, isn't it [83] ?

---

[83] *« Etonnant, n'est-ce pas ? »*

Un cadeau tombé du ciel

Lorsque je raconte cet incroyable enchaînement de circonstances, d'aucuns y voient la main de la providence là où je ne vois, moi, qu'une stupéfiante succession de hasards.

Jugez-en vous-même.

Nous avons passé hors de chez nous une semaine épuisante à régler des questions familiales compliquées. Nous venons de parcourir plus de cinq cent cinquante kilomètres en voiture de Langon à Saint-Mitre-les-Remparts, avec juste une escale, sur le coup de 13 h 30, pour manger sur le pouce, à une aire d'autoroute, du côté de Castelnaudary. C'est dire à quel point nous sommes lessivés, Mariannick et moi lorsque nous arrivons chez-nous.

De plus, c'est l'été, ici, dans notre Midi, avec cette chaleur torride qui vous englue dans sa chape suffocante, siphonne votre énergie et vous fait fondre sur place comme un *frigolo* à la menthe. Nous sommes tellement poisseux et vannés que nous n'avons aucune envie de défaire nos valises. Nous n'avons qu'une hâte, aérer notre appartement, prendre une douche, concocter un rapide repas et nous mettre *illico* au lit.

En dépit de la chaleur nous ouvrons tout grand les persiennes et les fenêtres, laissant entrer, en même temps que l'air tiède mais bienvenu, le chant tardif et grinçant des cigales. Après la douche revigorante, nous traînons en peignoir léger et en tongs dans la maison que nous retrouvons avec délectation. Nous nous apprêtons à préparer *vite fait* une omelette ou une salade. Et là, une méchante surprise nous attend : le *frigo* et la remise à conserves sont désespérément vides.

Que faire ? A cette heure-ci, il n'y a nul endroit où manger, dans notre village ! Et puis, zut, il faut se rhabiller ! Alors quoi ? Boire un café et aller se coucher ?

Sans doute parce que la douche l'a subitement ragaillardie, Mariannick avance une proposition :

- Et si nous allions à Martigues, aux *sardinades* ?

- Quoi ? Aller à Martigues, là, après tous ces kilomètres qu'on vient d'avaler ? Tu ne trouves pas que tu exagères ?

- Bof, ce n'est pas si loin que ça, non ? Et ça nous détendrait, ça nous laverait la tête de toute cette tension que nous avons accumulée ces jours derniers !

- Tu as envie de te rhabiller maintenant, toi, et de reprendre la voiture ?

- Allez, va ! Un petit effort ! Encore un dernier petit effort pour me faire plaisir ! Allez ! C'est moi qui conduis !

Pour le néophyte, il faut dire que, par ici, l'été, les *sardinades* sont devenues une véritable institution.

A l'origine, ce furent les pêcheurs de Martigues qui eurent cette idée originale, à une époque pas si lointaine où le poisson était abondant. Vous payiez le vin, ils offraient à profusion, sur la plage de Ferrières, les sardines grillées sur d'énormes demi-bidons métalliques transformés pour l'occasion en gigantesques barbecues.

Cette idée a fait florès et a été reprise par les restaurateurs qui, individuellement ou regroupés, proposent aujourd'hui, aux gens du cru et aux touristes, en juillet et en août, à Saint-Chamas, à Istres, à Martigues, à Port-de-Bouc ou à Fos-sur-Mer, des *sardinades, moulades, thonades* ou autres *festines*, agapes populaires en plein air parfois agrémentées d'animations musicales qui attirent chaque été une foule considérable d'autochtones et de vacanciers.

Bon. Foin de la fatigue ! Va donc pour les *sardinades* ! Après tout, il y a une éternité que nous n'avons pas mangé de sardines grillées !

Nous arrachant à l'insidieuse indolence qui nous guette, nous nous rhabillons à la hâte et nous voilà partis pour Martigues.

Comme prévu, c'est Mariannick qui prend le volant.

Pour je ne sais quelles raisons - certainement parce qu'ils habitent dans le coin -, notre conversation dérive sur mes enfants et, insidieusement, glisse sur les rapports pour le moins tendus que nous entretenons avec eux. Et nous voilà partis à parler de mon fils Mathias.

- Tu sais, Jean-Yves, il y a longtemps que tu n'as pas pris de nouvelles de Mathias !

- Ah oui ? Et lui ? Est-ce qu'il m'appelle, lui ? Et d'abord, tu sais combien de fois il est venu à Saint-Mitre en catimini ? La dernière fois que je l'ai vu, c'est à Saint-Mitre, justement, et tout près de chez nous ! Je peux te dire qu'il était bigrement décontenancé de me voir et qu'il était pressé de partir ! Tu sais bien qu'à cause de toi il refuse obstinément de venir chez nous. Alors moi, maintenant, je refuse d'aller *seul* chez lui, comme je l'ai fait jusqu'à maintenant ! Bon sang de bon sang ! Il sait bien que je ne suis pas célibataire, Mathias ! Il sait bien que nous sommes mariés, non ? Et puisqu'il vient dans notre hameau sans vouloir me rencontrer, puisqu'il ne fait même pas l'effort de m'appeler pour demander de mes nouvelles, pourquoi je l'appellerais, moi ?

- Parce que tu es son père. Parce que tu sais bien qu'il est plutôt remonté contre toi...

- Ah oui ? C'est son problème !

- Parce que tu dois te montrer, dans cette situation, plus... intelligent, plus ouvert...
- Ah, tu crois ça, toi ? J'ai déjà fait un tas d'efforts, et toujours à sens unique ! Et pour quels résultats ? Alors, *basta* ! Trop, c'est trop !
- Tu exagères ! Est-ce que tu penses un seul instant à tes petits-enfants ?
- J'y pense tout le temps, tu es bien placée pour le savoir. Mais je pense aussi qu'ils n'ont pas à prendre parti dans cette querelle qui nous a opposés leur grand-mère et moi, dans ces dissensions et ce désamour qui nous a séparés ! C'est un différend qui devrait leur rester totalement étranger. C'est une brouille personnelle entre Viviane et moi ! Point ! Ça ne les concerne en rien. D'autre part, ils sont aujourd'hui non seulement en âge de comprendre, mais aussi de venir me voir, non ? Ou, à défaut, de me téléphoner de temps en temps. Alors, pourquoi ne le font-ils pas ? Je sais. Tu trouves que j'exagère. Mais tant pis ! C'est comme ça. J'ai déjà fait la croix sur mes enfants. Ils m'ont tourné le dos. Soit. Libre à eux ! Ça me fait mal à en crever, tu le sais mieux que personne. Mais j'en ai pris mon parti ! Quant à mes petits-enfants, je vois qu'ils ont pris le même chemin que leurs parents. Alors...

Vous avez compris, bien sûr, que Mariannick et moi sommes un couple recomposé. Ceci serait bien banal si mon ex n'avait pas instrumentalisé mes enfants contre moi, *« le mauvais père préférant se consacrer aux autres plutôt qu'aux siens », « celui qui n'a pas hésité à les abandonner pour une autre femme »* mais surtout contre Mariannick, *« cette infâme garce », « cette voleuse de mari », « cette briseuse de ménage »* qui m'aurait détourné de ma famille.

Sublime Mariannick. Elle a été attaquée, vilipendée, traitée de nous les noms, traînée dans la boue, et la voilà qui prend la défense de ceux-là mêmes qui l'ont couverte de mépris, désavouée, détestée, rejetée et qui, encore aujourd'hui, bien des années après ma séparation d'avec mon ex, persistent à entretenir cette animosité contre elle et à garder cette distance insultante vis-à-vis de nous deux.

Nous arrivons à Martigues.

Déception. Les *sardinades* sont fermées à cause du « Festival » que nous avons oublié et qui occupe tout le parking du quai Aristide Briand.

Si nous voulons manger des sardines, il nous faut aller à Port-de-Bouc. Alors, se taper quelques kilomètres supplémentaires ou s'en retourner bredouilles à la maison ? Nous tergiversons. Ce n'est pas tant la distance qui nous fait hésiter que la foule compacte et bruyante que nous allons devoir affronter et la lutte acharnée à laquelle nous devrons nous livrer pour trouver un coin de table et deux chaises. Tout compte fait, nous décidons de rester à Martigues.

Il me vient alors l'idée de nous rendre à la criée, sur le quai Toulmond où, à supposer que l'on trouve de la place, nous pourrions manger des moules-frites.

Fermé.

A tout hasard, sans grande conviction, nous allons chez l'écailler qui se trouve au début du quai Kléber, face au canal de Baussengue et au pont qui l'enjambe. Bien qu'il soit habituellement bondé, nous tentons notre chance. Las ! Impossible de trouver une table et la file d'attente impressionnante nous dissuade de patienter.

Retour à la case départ.

Alors quoi ? Rentrer déconfits à Saint-Mitre ou nous aventurer jusqu'à Port-de Bouc ?

Nous décidons d'aller à Port-de-Bouc !

Lorsque nous parvenons aux *sardinades*, nous arrivons à garer notre voiture. Ce coup de chance est de bon augure car, en général, le parking est bourré à craquer. Et puis, quelques instants plus tard, envolées nos craintes. Banco, une table libre ! Nous nous précipitons avant qu'elle ne soit prise. Elle est à nous ! Notre persévérance a fini par être récompensée ! Nous allons pouvoir manger des sardines !

D'habitude, dans ce genre de soirée, c'est Mariannick qui s'occupe de l'avitaillement, pendant que, gardant la table, je commande les boissons. Mais ce soir, comme je vois que Mariannick montre des signes de fatigue en dépit des efforts qu'elle fait pour la masquer, je prends pour une fois les devants et, avant de lui donner le temps de réagir, je vais faire la queue pour prendre et payer ma commande.

Me voilà devant le stand de grillades de poisson.

Devant moi, deux vieilles dames plaisantent à propos de l'épais nuage de fumée qui les enveloppe et qui pue la sardine et la frite à des kilomètres à la ronde.

Je plaisante avec elles, leur disant quelque chose comme : *« Ah ça, mesdames, vous voilà ce soir parfumées gratis ! »*

Je n'ai pas remarqué que le type préposé au barbecue est sorti de son stand et s'est approché de moi.

Je continue à plaisanter avec les deux vieilles dames qui rient de ma boutade quand le type m'apostrophe :

- Jean-Yves Weller ?
- Oui.
- Sébastien.
- Sébastien ?
- Sébastien Weller !

Le ciel me tombe sur la tête.

Pas de doute, c'est bien mon fils Sébastien qui se tient là, devant moi, et qui s'adresse à moi.

Ici, pour la compréhension de cette histoire, il me faut faire un retour en arrière de six à sept ans.
Mariannick et moi sommes à Salon-de-Provence où nous faisons quelques emplettes. Nous sommes à hauteur de la Fontaine Moussue lorsque nous l'apercevons simultanément.
- Tu as vu qui est là ?
- Oui. Sébastien.
N'hésitant pas une seconde, je me dirige résolument vers lui :
- Salut, Sébastien. C'est papa. Comment vas-tu ?
Pas de réponse.
- Tu veux qu'on parle ?
- Non.
- Ah bon ! Et pourquoi ?
- Toi, tu as fait ta vie. Moi, j'ai fait la mienne. Nous n'avons plus rien à nous dire !
C'est : « *Circulez, y'a rien à voir !* »
Je suis dévasté par cette fin de non-recevoir, mais je n'en montre rien et, prenant sur moi, je lui dis, avec ce flegme apparent que je peux afficher dans des circonstances critiques et qui pourrait passer pour de la froideur, voire de l'indifférence :
- Bon. C'est ton choix. Ça me fait mal mais je l'entends. Donc, je n'insiste pas. Un mot, pourtant ! Je me dois de te rappeler, même si tu ne veux pas l'entendre, que tu es mon fils, que je t'aime, que mon cœur et ma maison te sont et te seront toujours ouverts !
Des années ont passé depuis cette rencontre fortuite d'une violence pour moi inouïe. Et voilà qu'aujourd'hui, là, maintenant, dans ce nuage empestant la frite et la

sardine grillée, c'est lui qui m'interpelle... Et je ne l'ai pas reconnu !

Nous nous tenons là, décontenancés l'un et l'autre. Nous avons tant de choses à nous dire que nous ne savons pas par où commencer.

C'est lui qui rompt le premier le charme :

- Ecoute ! Là, je ne peux pas te parler ! Comme tu peux le constater, je suis pressé par les commandes. Mais si tu peux attendre un peu, nous pourrons nous voir après le coup de feu ! J'ai plein de choses à te raconter !

- D'accord, j'attendrai que tu puisses te libérer. Si tu es d'accord, tu pourrais nous rejoindre à notre table. Tu as vu que je ne suis pas seul ? Que Mariannick est avec moi ?

- J'ai vu.

Je sens dans sa voix une certaine réticence et je me dis : *« On verra bien ! Il faudra bien qu'il comprenne lui aussi, à la fin, que je ne suis pas seul, que je suis marié ! S'il veut que nous ayons des relations normales, il faudra bien qu'il finisse, bon gré mal gré, par admettre Mariannick ! »*

Encore bouleversé par ma rencontre inopinée avec un fils qui refusait jusqu'ici de me parler et qui est spontanément venu à moi, tournant et retournant dans ma tête mille questions désordonnées et contradictoires, j'ai payé mon éco et pris machinalement mon plateau garni. Je viens retrouver à notre table Mariannick qui, de loin, a suivi cette scène invraisemblable.

Je n'ai pas le temps de lui dire un mot qu'un incident singulier vient à ma rescousse.

La caissière sort de son stand. Elle se dirige vers notre table d'un pas décidé et, furieuse, m'apostrophe :

- Monsieur ! Vous n'avez pas payé votre commande !

Je me récrie. Je lui affirme que j'ai payé. Je lui précise même qu'elle m'a rendu la monnaie sur les cinquante euros que je lui ai donnés. Pour prouver ma bonne foi, j'ouvre mon porte-monnaie, je lui montre les billets et les pièces qu'elle m'a rendus.

Mais elle n'en démord pas. Elle insiste, de plus en plus furieuse, de plus en plus véhémente :

- Et moi je vous dis que vous n'avez pas payé !

Cet esclandre attire l'attention des derniers clients qui, mettant à profit la douceur du soir, se sont quelque peu attardés pour contempler le magnifique panorama nocturne qu'offre le fascinant port de plaisance avec ses élégants bateaux sagement accotés à leurs appontements et qu'éclairent a *giorno* les réverbères qui se reflètent dans les eaux frémissantes de la Méditerranée et, pour toile de fond, les feux giratoires des sémaphores qui balisent pour les navigateurs l'emplacement des passes et des débarcadères. Il attire aussi celle de Sébastien qui accourt à toute vitesse :

- Que se passe-t-il ?
- Cette femme prétend que je ne l'ai pas payée.
- J'affirme, monsieur, que vous n'avez pas payé votre commande !
- Et j'affirme, moi, que je l'ai payée !

Sébastien s'adresse à la femme :

- S'il dit qu'il t'a payé, c'est qu'il t'a payé !
- Et comment peux-tu être sûr de ce que tu affirmes ? Tu étais là pour le voir ?
- Non. Mais cet homme, tu vois, je le connais bien ! C'est mon père. C'est pas un voleur !

Mais la femme insiste, obstinée, et pour que Sébastien n'ait pas d'ennuis avec son employeur occasionnel, je règle ma facture pour la seconde fois.

Cet esclandre a eu un effet bénéfique. Commentant, furieux, l'incident, Sébastien s'assoit à notre table. Au début, il n'ose pas trop regarder Mariannick. On le sent un peu gêné, un peu crispé. Mais il se détend progressivement et finit par engager la conversation avec elle.

L'incident est clos. Nous commandons à boire. Alors, Sébastien me dit tout à trac :

- Je dois... t'annoncer ... quelque chose. Voilà ! Je dois t'informer que tu es grand-père !

- Mais, je le sais bien, va, que je suis grand-père ! Tu veux me parler de Carlito ?

Encore un bref retour en arrière : j'en suis resté à la séquence où Sébastien est marié avec Marisol qui a un enfant d'un premier lit.

- Non. Non. Il ne s'agit pas de Carlito. D'ailleurs, Marisol et moi nous sommes séparés ! Non, tu es grand-père de deux petites-filles que j'ai eues avec Cécile, ma compagne depuis plusieurs années. Elles s'appellent Léa et Marion. Elles sont blondes comme des Finlandaises. Elles ont respectivement cinq et sept ans. Elles me demandent, depuis quelque temps : *« Et toi, papa, tu as un papa, toi aussi ? »*. Je leur ai répondu que oui. Elles m'ont dit : *« Ton papa, c'est notre grand-père ! Alors, pourquoi nous ne le connaissons pas ? »*. Elles veulent te rencontrer à tout prix. Je leur ai promis que je me rapprocherais de toi. Mais je ne savais pas trop comment faire après la rebuffade que je t'ai fait subir il y a quelques années, à Salon, quand tu as essayé de me parler. Et voilà que le hasard s'en mêle !

Le plus gentiment possible, pour ne pas l'effaroucher, je lui dis :

- Tu ne peux pas savoir à quel point je suis heureux de te retrouver... mais... tu sais que je ne suis pas célibataire ? Je veux de tout mon cœur que nous nous rapprochions. Mais je ne voudrais pas que ça se fasse au prix d'une relation ambigüe, à sens unique, dont

Mariannick serait exclue. Je me suis enferré dans ce type de relation avec ton frère qui a toujours agi à mon égard comme si je vivais seul, comme si Mariannick n'existait pas. Je n'ai pas envie de renouveler ce genre d'expérience détestable. C'est insupportable !...

- Ce sera difficile pour moi de faire avaler cette couleuvre à maman. Mais le souhait de mes petites passe avant tout !

- Ne te précipite pas ! Je sais que la situation n'est pas facile ! Parle à ta compagne de notre rencontre. Prenez tous les deux le temps de réfléchir. Et nous nous revoyons. Quoi que vous décidiez, Cécile et toi, je respecterai votre décision.

Nous échangeons nos adresses et nos numéros de téléphone, promettant de nous revoir bientôt.

En nous quittant, Sébastien m'embrasse et, spontanément… fait une bise à Mariannick !

Quelques jours après cette succession de faits improbables, nous revenons voir Sébastien, qui nous a réservé une table.

La caissière tire une gueule de cinq pans. Nous l'ignorons royalement.

A la fin de son service, Sébastien vient nous rejoindre.

Toute gêne a disparu. Merci à la caissière ! Il s'adresse à moi :

- J'ai parlé à Cécile. Elle pense que nous devons nous revoir, pour les petites et aussi pour moi - elle pense que ça me fera du bien -, mais aussi pour notre bien-être à tous. J'ai aussi parlé à ma mère. Ouh là là ! Ç'a été plus difficile que je ne le pensais ! Je lui ai dit ma volonté ferme de reprendre une relation normale avec toi et avec Mariannick. Elle a piqué une de ces colères ! Une vraie furie ! Elle m'a traité de *« fils ingrat »*, de *« traitre »*. Mais je n'ai pas cédé d'un pouce. Je lui ai dit, grosso modo : « *J'ai un père et une mère. Vous êtes séparés, vous ne vous parlez plus, c'est votre affaire. Mes filles réclament avec insistance leur grand-père. Elles ont le droit de le rencontrer. Quelles seront leurs relations futures ? L'avenir le dira ».* J'ai ajouté : « *D'autre part, quand je serai avec toi, je ne te parlerai pas de mon père et je ne veux pas que tu me parles de lui ! Quand je serai avec lui, je ne lui parlerai pas de toi et je ne veux pas qu'il me parle de toi. D'accord ? ».* Cécile et moi avons pensé que la première rencontre pourrait se faire chez nous. Mais nous nous sommes dit que si, par malchance, elle débarquait à l'improviste, ce serait la Saint-Barthélemy ! Nous avons aussi envisagé d'aller chez vous. Même problème. Elle le saurait par les petites et deviendrait folle furieuse. Je propose donc que pour la première fois nous trouvions un lieu neutre. Après... on verra !...

Et c'est ainsi que nous convenons d'un rendez-vous...

Nous décidons de nous retrouver un dimanche, sur le coup de midi, au site archéologique de Saint-Blaise, devant la Chapelle.

Mariannick et moi arrivons les premiers.

Nous avons préparé un pique-nique, Sébastien et Cécile ayant prévu d'apporter des desserts et du vin. Nous avons ajouté au panier un gâteau, du cidre et des jus de fruits pour fêter par anticipation l'anniversaire de Sébastien.

Sébastien, Cécile, Léa et Marion, que nous n'avons pas vu arriver, nous suivent de près.

Le contact s'opère aussitôt, immédiat, magique, évident. Le courant passe à gros jets entre nous. Nous baignons dans un halo presque irréel de félicité.

Terminé le flux ininterrompu d'embrassades, de transports, d'exclamations, de rires et d'effusions, nous nous rendons tous en chœur dans un petit coin arboré que j'ai repéré par avance, en bordure de l'étang de Citis. Un lieu parfait, au bord de l'eau, à l'ombre des pins, pour un repas champêtre fêtant une rencontre de cette inestimable qualité.

Dans l'après-midi, pour sceller notre rencontre, nous irons tous au cirque Romano qui a planté son chapiteau tout près d'ici, sur la Plaine des Sports René Davini !

En descendant le sentier, mes petites-filles se sont spontanément approchées de moi, m'ont encadré – Marion à droite, Léa à gauche -, et m'ont pris instinctivement la main.

Me voici devenu le grand-père fabuleusement heureux de deux petites princesses blondes qui me sont tombées toutes rôties du ciel !

Quelque temps après, Sébastien m'avouera :
- Tu sais, lorsque nous sommes arrivés sur le parking de Saint-Blaise et que nous avons garé notre voiture, vous montiez la côte qui conduit à la chapelle. Vous marchiez devant nous sans nous apercevoir. Vous n'étiez pas seuls. Il y avait d'autres visiteurs autour de vous. Et là, alors qu'elle ne t'avait jamais vu, qu'elle n'avait jamais vu aucune photo de toi, Marion t'a désigné du doigt et elle a dit : *« Il est beau, mon papy ! »*

Ça n'arrive pas qu'aux autres

Il ne faut jamais se fier aux apparences.

Imagine un matin habillé de printemps, l'un de ces moments magiques où ta rêverie s'accroche à un résidu de sommeil, où le soleil tôt levé dilate cette douce langueur qui assoupit tes sens et enrobe tes gestes de velours, où ton seul désir est de te mettre en roue libre, de *feignasser*[84] et de t'étirer voluptueusement comme un chat bienheureux.

De la terrasse de ma maison perchée dans la pinède au-dessus de la crique de l'Ile Rousse, je domine les plages, désertes en cette saison. En robe de chambre, à demi allongé sur un transat, je déguste à petites gorgées gourmandes mon premier café de la journée. Après s'être arrêté un instant sur la perspective de l'île aux mouettes[85], mon regard se dirige vers le large et se perd dans l'infinitude de la Méditerranée, se gorgeant, du turquoise à l'indigo, de toutes les nuances d'un bleu phosphorescent. Encore engourdie par un zeste d'indolence, ma pensée se traîne et vagabonde. Je rêvasse. Soudain, comme si une pointe d'aiguille m'eût tiré de ma somnolence, je pense brusquement à Myriam, à l'enfant qu'elle porte et qui est probablement de moi. Je chasse immédiatement de mon esprit cette image fulgurante, la mettant de côté pour plus tard.

Bon. Il faut que je me secoue, que je lutte contre cette délicieuse torpeur que j'aimerais pouvoir prolonger, que je sorte de mon exquise léthargie, que je prenne mon bain,

---

[84] Fam. pour fainéanter, paresser, flemmarder
[85] Fam. pour « l'Ile Rousse », au large de Bandol

que je m'habille, que je consacre un moment à mon travail de la veille et que je prépare mon rendez-vous.
C'est Estelle, mon épouse, qui me tire complètement de cet état de semi-béatitude dont j'ai du mal à émerger :
- Arnaud, est-ce que tu passes à l'agence, ce matin ?
- Oui. Pourquoi ?
- Pour confirmer à Fabienne notre invitation pour samedi soir. Tu t'en souviendras ?
- Oui. Pas de problème !

Un dernier café, une bise distraite à Estelle et me voilà parti.
Je quitte Bandol, direction Saint-Cyr-sur-Mer. Le temps de saluer Fabienne, mon associée, qui est à l'agence, de lui montrer les derniers petits correctifs que j'ai apportés aux trois projets de « Musée de la mer », de lui rappeler notre invitation pour samedi et je vais m'isoler quelques instants dans mon bureau. J'appelle Myriam[86] pour lui confirmer que je passerai la voir sitôt fini mon rendez-vous, sachant que son mari, officier sur un bateau de croisière, navigue du côté de la mer Egée. Et me revoilà parti, pour La Ciotat cette fois, où m'attendent Yannick Perez, l'adjoint aux travaux de la ville et son équipe à qui je dois présenter mes plans.
J'ai à nouveau une brève pensée pour Myriam. J'imagine sa préoccupation, son inquiétude, son angoisse même face à cette maternité inattendue. Elle doit se poser mille questions. Cet enfant est-il bien de moi ? Si tel était le cas, quelle attitude vais-je adopter vis-à-vis d'elle ? Quelle attitude va-t-elle elle-même adopter vis-à-vis de son mari ? Va-t-elle lui dire la vérité ? Va-t-elle faire passer cet enfant pour le sien ? Le couple, déjà menacé,

---

[86] A ce moment-là, le téléphone portable n'existait pas

va-t-il voler en éclats ou, au contraire, se renforcer ? Notre liaison va-t-elle résister à cette épreuve ?

Pour ce qui me concerne, l'avenir ne me fait pas peur. Je suis prêt pour un nouveau départ. En dépit de notre entente de façade, rien ne va plus entre Estelle et moi. Il y a déjà belle lurette que, sans nous décider, nous envisageons la séparation. Face à cette situation nouvelle, je ne ressens aucune appréhension. Au contraire. Je pense à cet enfant, petite graine prodigieuse qui pousse dans le ventre de Myriam, mon enfant, l'enfant tant espéré que je n'ai pas eu, que je n'aurai jamais avec Estelle. Il me tarde de retrouver Myriam, de la serrer dans mes bras et de dissiper ses craintes.

C'est donc serein et détendu que j'emprunte la D559.

Ah ! La D559 !

Pour que tu comprennes bien ce qui va se produire, il me faut te rappeler qu'au moment où se situe cet événement, la D559 était une route à trois voies[87], la seule qui reliât Toulon à Marseille[88]. Il faut préciser aussi que la vitesse n'était pas limitée et que la voie médiane permettait le dépassement dans les deux sens, ce qui pouvait, parfois rendre la manœuvre extrêmement délicate, voire risquée. Mais il faut ajouter aussi que, même sur ces routes-là, le trafic était moins dense qu'aujourd'hui.

Je roule à vive allure lorsque, ayant traversé les Lecques, je m'engage dans la ligne droite du Liouquet. J'ai l'habitude de conduire et je connais cette route par cœur. Nerveuse, ma voiture, une R8 Gordini que je maîtrise complètement, répond parfaitement à la moindre de mes sollicitations.

---

[87] Et non à quatre, comme aujourd'hui
[88] L'autoroute A50 n'existait pas encore

Et voilà que je me trouve subitement ralenti, presque bloqué, par un bouchon de trois voitures qui vient de se former. Devant moi, une DS est collée derrière deux voitures qui roulent à une allure d'escargot. Force m'est de rétrograder et de me coller à mon tour à cette file qui se traîne. La DS actionne alors son clignotant, double sans effort les deux véhicules qui *rament*[89] et disparaît. Je me retrouve derrière une Dauphine qui suit un véhicule que je ne peux pas identifier et qui est fautif de ce ralentissement dangereux. Je me rends compte que le conducteur de la Dauphine bavarde avec son passager sans trop se préoccuper de sa conduite. Voulant suivre la DS, j'actionne à mon tour mon clignotant pour dépasser les deux voitures à l'excessive lenteur.

Et là, venant de la Ciotat via Bandol, surgit un énorme semi-remorque qui bouche toute sa voie. Mais la voie médiane est libre. Il n'y a aucun danger.

Qui eût pu à cet instant imaginer que l'imprévisible pût se produire ? Au moment où, m'engageant dans la voie médiane, je me mets à dépasser la Dauphine, celle-ci, sans avertissement, se met à dépasser elle-même la voiture qui la précède, une Simca 1000. Comme s'il fût à la promenade du dimanche, le conducteur de la Dauphine continue à parler à son passager. Il n'a pas vu ma manœuvre. Deux faits hasardeux viennent alors se conjuguer : l'inattention coupable du conducteur de la Dauphine et le fait que je sois probablement entré dans son « angle mort ». S'il avait été raisonnablement focalisé sur sa conduite, le type de la Dauphine aurait pu tranquillement se rabattre et j'aurais pu passer sans problème. Mais il ne me voit pas. Il continue à dépasser la Simca 1000 tout en bavardant, le visage tourné vers son

---

[89] *Ramer* : terme populaire pour *se traîner*

passager, me poussant inexorablement vers le semi-remorque.

Je ne peux ni freiner, ni rétrograder. L'impact avec la Dauphine serait inéluctable et ses conséquences dévastatrices.

C'est là que la vie se joue à pile ou face, à quitte ou double, en une fraction de seconde. Pas d'autre choix possible : il me faut jouer le tout pour le tout. Ma décision est prise en une fraction de seconde. Je tente une manœuvre désespérée, la seule possible. Tout entier concentré sur mon objectif, j'accélère. Il me faut dépasser la Dauphine sans la toucher, mais il me faut également éviter de me propulser sous la cabine ou la roue géante du semi-remorque. Or, entre le semi-remorque et la Dauphine, l'espace s'est considérablement rétréci. Je dois, littéralement, m'enfiler dans un trou de souris

Las, le type de la Dauphine n'a toujours rien vu. Il poursuit tranquillement en bavardant son dépassement conduisant fatalement à l'inévitable catastrophe.

Alors le pire se produit. Nos deux voitures se touchent. A peine. Juste un frôlement. Mais c'est suffisant pour provoquer le désastre.

Je file à plein berzingue vers le semi-remorque. C'est sûr, inéluctable, je vais m'encastrer dans son formidable pare-chocs ou entre ses roues gigantesques. Mauvais réflexe ? Geste désespéré pour tenter d'éviter la collision pourtant imparable ? Je donne simultanément un coup de frein brutal et un brusque coup de volant vers la droite. Comme si la R8 se fût transformé en cercueil sur roulettes dévalant à tombeau ouvert une pente savonneuse, je pars dans une glissade incontrôlée, passe devant la Dauphine sans la heurter et me précipite tout droit vers l'accotement rocheux contre lequel, c'est certain, je vais me fracasser. Je contrebraque comme un halluciné. J'évite par chance le choc contre l'accotement. Mais, échappant à tout contrôle, la R8 devient folle, bascule et repart vers la gauche en faisant une série de tonneaux.

Balam. Balam. Balam.

Transformée en mortelle centrifugeuse, elle repasse devant la Dauphine immobilisée, traverse la route et se précipite vers le semi-remorque qui continue à rouler et dont les roues meurtrières se rapprochent de moi à la vitesse de la lumière. Miracle. La R8 ne percute pas le semi-remorque. Elle passe derrière lui.

Balam.

Elle passe devant la voiture qui suit le semi-remorque sans la percuter, évitant ainsi aux voitures qui la suivent un carambolage ravageur.

Balam.

Elle explose le parapet en pierre qui borde le précipice, juste au lieu-dit La Falaise, au seul endroit de la corniche où la route flirte avec le ravin.

Balam.

Elle continue sa course furieuse dans la courte pente qui annonce l'abîme dans lequel, c'est fatal, elle va plonger.

Mains soudées au volant, bras tendus à se rompre, corps bandé, jambes rigides, durcies comme des piquets, pieds collés au plancher, raidi, tétanisé, arc-bouté de toutes mes forces dans l'habitacle, je crie à chaque tonneau :

« *Non, non, non* ».

Je n'ai pas peur.

« *Non, non, non* ».

Agrippé à mon volant, je m'accroche désespérément à la vie.

« *Non, non, non* ».

Je ne sais pas si je crie *vraiment* ou si *je crie dans ma tête* mais je crie comme un cinglé :

« *Non, non, non.* »

Ce « *non* » n'est pas un « *non* » de panique ou d'effroi. C'est un « *non* » de refus, de rage, de résistance, de révolte.

Mobilisé de toutes ses forces par l'instinct de survie, tout mon être proteste contre la mort inacceptable. Non. Je ne veux pas mourir ou, pire encore, être brisé en mille morceaux et me retrouver dans la peau d'un pantin désarticulé.

Balam.

Bruit insoutenable de ferraille que l'on passe au concasseur.

Balam.

Macabre carcasse de tôle qui se froisse, se compacte et s'aplatit à chaque coup sur le sol avec, dedans, une toute petite, toute fragile marionnette d'os, de chair et de sang. Moi.

Et puis, soudain, plus rien. Rien. Le silence.

A quelques mètres de pins séculaires qui, percutés, se fussent révélés meurtriers, à un mètre à peine du bord du ravin qui surplombe de dix à quinze mètres la calanque de galets et de roches sur laquelle elle aurait dû logiquement s'abîmer et se disloquer, la R8 a été miraculeusement arrêtée dans sa course mortelle par un tapis de jeunes pins de plantation récente. Elle s'immobilise, gisant sur le toit.

Je ne pense à rien. Strictement à rien. C'est comme si toute pensée eût déserté mon esprit.

Subitement, je prends conscience de ce silence. Total. Impressionnant. Un silence de mort. Mais je suis vivant.

Je n'ai pas peur.

Je ne ressens aucune douleur.

Je réalise que le pare-brise et les vitres ont explosé, que la partie avant gauche du toit du véhicule est enfoncée à toucher le volant juste à la place du conducteur. J'ai dû certainement à la force centrifuge qui m'a plaqué sur le siège-passager de n'avoir pas la tête écrasée. J'ai des éclats de *Sécurit* partout : sur les vêtements, dans les cheveux, dans les oreilles, dans les narines. J'en trouverai même dans mes poches et jusque dans mes chaussures et mes chaussettes.

Automate aux circuits perturbés, j'enjambe tant bien que mal les sièges. Je sors par la lucarne arrière dont la vitre a été, elle aussi, soufflée par les chocs violents. Je m'éloigne en rampant de la voiture de peur qu'elle ne prenne feu. Je m'assois, sonné. Et là, mon cerveau à demi anesthésié enregistre cette image incongrue, surréaliste que je n'oublierai jamais, celle de cette voiture toute cabossée, écrasée, compressée comme par un marteau-pilon, pitoyable épave renversée comme une tortue sur sa carapace et de ces roues qui tournent, qui tournent, qui tournent sur leurs essieux dans un silence de fin du monde, comme dans un film passant au ralenti dont on aurait coupé le son.

Et là, je refais surface.

Je ne ressens toujours aucune douleur.

Le temps que je cherche machinalement sur moi, sur mes vêtements, des traces de sang, que je tâte mes os - membres, nuque et colonne vertébrale - pour tenter de déceler une éventuelle fracture, que j'essaie de découvrir quelque possible plaie ouverte et le chronomètre du cœur se réveille et se précipite. Tintamarre et agitation confondus, le réel fait irruption d'un coup et s'impose à moi avec une brutalité foudroyante comme si, un instant interrompu, le cours du temps se fût remis en marche.

A côté de moi, menaçant, le bord du ravin.

Juste au-dessus de moi, la route.

Des voitures se sont arrêtées. Badauds, voyeurs ou quidams désireux de proposer leur aide, des gens se précipitent vers le bord de la corniche.

J'entends des voix qui s'exclament : *« Mon dieu quel malheur ! »*... *« Non ! T'approche pas ! C'est affreux ! Regarde pas ! C'est horrible ! »*... *« Dites ! Z'avez-vu la voiture ? Complètement écrabouillée ! »*... *« Y'en a qui conduisent comme des dingues, aussi ! »*... *« C'est sûr, le type, là, dans la bagnole, il s'est tué ! »*...

Plus hardi et plus secourable que les autres, un homme descend vers moi pour me porter assistance. Je l'arrête net d'un : *« Ne me touchez pas ! »*, ajoutant aussitôt, pour atténuer la violence de ma protestation : *« Merci. Je n'ai rien ! »*

Certes, je viens d'échapper à la mort. Mais j'ai ce sentiment aigu que je suis peut-être un rescapé en sursis. Car, si je n'ai pas de blessure apparente, rien ne dit que je n'aie pas d'hémorragie interne. Bouger, je le sais, pourrait m'être fatal. Je m'allonge. Et je m'oblige à l'immobilité, attendant stoïquement l'arrivée des secours.

Ceux-ci ne se font pas longtemps attendre. J'entends le pin-pon toujours angoissant de l'ambulance qui arrive à toute vitesse et qui s'arrête juste au-dessus de moi. Et tout va très vite. Deux ambulanciers descendent avec circonspection la pente périlleuse, viennent jusqu'à moi. L'un d'eux m'ausculte avec application pendant que l'autre me pose toute une série de questions pour tester mes réactions : *« Etes-vous seul ? Comment vous appelez-vous ? Où avez-vous mal ? Comment vous sentez-vous ? Savez-vous ce qui vous est arrivé ? Où habitez-vous ? Quelle personne devons-nous prévenir ? »*. Je réponds calmement à toutes ces questions, précisant à plusieurs reprises : « *Ça va ! Ça va ! Je n'ai rien !* »

Avec d'infinies précautions, ils m'allongent sur une civière, me recouvrent d'une couverture et me remontent prudemment sur la route.

Là, je soulève la tête et, fugace mais saisissante, une vision dantesque s'offre à mes yeux. De ce côté de la route, le semi-remorque, mastodonte menaçant devenu inoffensif, est immobilisé ; de l'autre, la Dauphine, qui a dû percuter l'accotement rocheux, a fait un demi-tour sur elle-même et regarde vers Bandol. Bizarrement, la Simca 1000 a disparu. Elle a dû accélérer et filer avant que l'accrochage ne se produise. Sur les voies de gauche et de droite, de nombreuses voitures se sont agglutinées, déversant leur trop plein de curieux. Sur la voie médiane, que les gendarmes ont dégagée et balisée pour permettre à la circulation de s'effectuer dans les deux sens, les voitures roulent au ralenti.

Et puis je suis hissé dans l'ambulance qui actionne son agaçante sirène et, se frayant un passage, roule à toute vitesse vers l'hôpital de La Ciotat.

L'on raconte que lorsque tu es au seuil de la mort, tu vois défiler toute ta vie devant toi.

Balivernes. En tous cas, rien de tel pour moi. Il faut dire que cet accident s'est produit et déroulé à la vitesse de l'éclair. Il faut dire aussi que notre cerveau, dont les réactions sont parfois imprévisibles, peut nous jouer de drôles de tours.

Me voilà dans l'ambulance. Je n'ai pas mal. Je n'ai pas froid. J'ai toujours cette impression aiguë que peut-être ma vie ne tient qu'à un fil. Etrangement, je n'ai toujours pas peur. Et sais-tu à quoi je pense ? Que j'aurais pu, que j'aurais dû mourir.

Je pense à Myriam qui m'attend, que je ne peux pas prévenir, à notre liaison cachée, à l'enfant qu'elle attend - notre enfant ? -, à notre projet encore incertain mais possible de vivre ensemble qui eût pu mourir dans l'œuf aujourd'hui si je me fusse tué. Dans quel état m'eût-elle attendu ? Dans quelles affres, quelle angoisse, quelle anxiété ? Qui l'eût avertie de mon accident ? Comment eût-elle réagi ? Qu'eût-elle ressenti ? Stupéfaction, incompréhension, effroi, anéantissement, chagrin ?

Je pense à Estelle, aux années que nous avons passées ensemble - amour, bonheur et galères, projets aboutis ou avortés, voyages et vacances venant compenser le manque d'un enfant, réalisations communes, bonheurs partagés, mais aussi querelles, mésententes et, au bout, désamour -, à cette rupture imprévisible et définitive qui, la faisant veuve, lui eût épargné un fâcheux divorce et l'eût rendue légataire de tous nos biens. Mais aussi à la foule de tracas de toute sorte qu'eût occasionné ma disparition brutale. A-t-elle encore un reste d'affection pour moi ? Chagrin, regrets ou compassion, eût-elle versé une larme ?

Je pense à Fabienne, ma chère Fabienne, ma précieuse collaboratrice et amie qui, certainement, eût pleuré ma mort et regretté notre affectueuse complicité, à tous les dossiers en attente avec lesquels elle eût dû se dépatouiller sans moi.

Je pense à Yannick Perez, à notre rendez-vous manqué, au projet de « Musée de la mer » qui, sans doute, n'eût pu voir le jour.

Je pense à mes amis avec lesquels je n'eusse plus jamais pu partager les grands crus de ma cave.

Je pense aussi à ce que j'aurais pu faire de ma vie, à ce que j'ai raté, à l'orientation que je pourrais lui donner dès lors que m'est miraculeusement octroyée aujourd'hui cette occasion formidable de jouer les prolongations.

Je pense... Je pense...

Me voici dans une chambre de l'hôpital de la Ciotat. Un médecin urgentiste que je ne connais pas m'a ausculté sous toutes les coutures. Je me prépare à subir une série de tests, lorsqu'une infirmière vient me faire une piqûre sédative. C'est Cristina, ma « vieille copine » de lycée. Elle est tout étonnée de me trouver dans cette chambre :

- Arnaud ? Qu'est-ce que tu fais ici ? Qu'est-ce qui se passe ?
- J'ai eu un accident.
- Un accident ?
- Oui. Un accident de la route. Je dois passer des radios.
- Tu n'as rien de cassé, au moins ?
- Non. C'est juste qu'on doit vérifier si j'ai un traumatisme crânien ou une hémorragie interne !

S'enchaîne toute une batterie d'examens : radios, scanners, IRM. Et commence l'interminable, l'éprouvante attente des résultats.

C'est Anaïs, l'infirmière-major, qui vient en personne me les apporter :

- Tout est bon, Arnaud ! Tu as une chance de...
- De cocu, c'est ça ?
- C'est pas ce que je voulais dire, mais bon, disons que tu as eu une chance ahurissante. Un accident comme ça et pas une lésion, pas une fracture, pas une foulure, pas même une égratignure. Ben mon vieux ! On peut dire que tu es verni ! Tu dois avoir une bonne étoile qui veille sur toi !...
- Et alors ?
- Alors on te garde cette nuit et tu rentres demain chez toi.

- Pourquoi pas maintenant, si je n'ai rien ?
- Simple précaution. On doit te garder vingt-quatre heures en observation. C'est la règle.
- Pas question. Je veux rentrer chez moi !
- Fais pas l'enfant ! Il faut qu'on te garde.
- Non. Je rentre chez moi.
- Impossible. Faut qu'on te garde. Simple précaution. Mais faut qu'on te garde.
- Je rentre chez moi.
- Bon. A tes risques et périls. Puisque c'est ça, tu signes une décharge.

J'ai signé la décharge et Estelle est venue me chercher.

Heureux, malheureux, toute histoire a son propre épilogue.

Myriam a fait une fausse-couche. Elle a perdu cet enfant dont je ne saurai jamais s'il était le mien. Pour je ne sais quelles raisons, elle ne s'est pas résolue à quitter son mari. Et elle a sans explication aucune mis fin à notre liaison. Il faut croire que le cœur des femmes peut parfois receler plus d'un insondable mystère !...

Estelle et moi avons divorcé à l'amiable et avons conservé des relations amicales. Elle a gardé notre maison de campagne de Manosque où elle vit aujourd'hui. Il serait question qu'elle se remarie.

Quant à moi, j'ai vendu la maison de la crique de l'Ile Rousse et mes parts du cabinet d'architecte-urbaniste et j'ai définitivement quitté Bandol pour Saint-Pierre de la Réunion.

Je n'ai tenu aucune de mes bonnes résolutions.

Sans doute suis-je trop paresseux, trop velléitaire, pas assez curieux, pas assez volontaire, pas assez courageux, pas assez perfectible, trop fataliste, trop égocentrique et, comme beaucoup d'entre nous, trop résistant au changement pour sortir de mes rails et pouvoir infléchir en dépit de mes bonnes intentions le cours de mon existence.

Mais tous les jours je rends grâce à la mort de m'avoir épargné, la mort, cruelle et vénéneuse, la mort, cette tueuse en série aux yeux creux et au cœur d'acier qui - enfants, adultes ou vieillards des deux sexes - flingue indifféremment tout ce qui bouge, ne faisant aucun cadeau, mais qui peut se montrer à l'occasion, pour un instant, miséricordieuse.

Et je rends grâce à la vie pour tout ce qu'elle me donne aujourd'hui, pour ce qu'elle me donnera demain, la vie, cette salope magnifique, la vie, cette sublime, cynique et versatile putain qui passe son temps à jouer avec vous au chat et à la souris, vous épargnant pour mieux vous écorcher, la vie, qui vous dispense au petit bonheur la chance petits bobos et bonheurs immenses, petites joies et grands malheurs et vous distribue à pleines mains, au gré de sa capricieuse loterie, des jours noirs, des jours gris, des jours bleus.

Et chaque matin, chaque matin, quand je me réveille, je me répète :

« Je suis vivant ! Je suis vivant !... »

Rencontre du quatrième type

- Alors ? La récolte est bonne ? me demande, goguenard, le père Arthur, en scrutant d'un air amusé mon attirail, constitué d'un bâton de marche et d'un panier d'osier au fond duquel se trouve un couteau replié et en fixant avec insistance mon chapeau de paille, assez incongru en ce lieu.
Il doit se dire en son for intérieur : « *Vé ! Encore un fada de la ville !* ».
Les yeux plissés, le sourire en coin, il m'inspecte avec ostentation des pieds à la tête. Je sens dans cet examen une pointe de morgue. Sans doute est-il étonné de constater que je ne me suis pas joint à la meute bruyante des Nemrods du village, plus grands hâbleurs et noceurs que grands chasseurs de chamois qui, réunis à la salle des fêtes autour du pastis, astiquent à cette heure leurs armes et peaufinent leurs derniers préparatifs.
- Non. Je n'ai rien trouvé !
- C'est que, des morilles, y'en a trop guère par ici, cette année ! Y'a bien quelques sanguins, mais y sont rares ! *Et pis*, faut connaître les endroits ! Mais, pour savoir, bernique ! Ça, *moun béou*, personne y vous le dira !
- Ce sont des grisets que je cherche !
- Des grisets ? *Boudíou* ! Ici, y'a personne qui les ramasse ! Des grisets ! Quelle idée !
- Dommage ! Ça fait pourtant de bonnes omelettes et ça accompagne à merveille les rôtis !
- Vous devriez voir du côté de la ferme Lieutaud ! Y devrait y en avoir par là-bas, des grisets !

Je remercie le père Arthur d'un geste bref, à peine courtois et, sans plus me préoccuper de lui, je reprends placidement mon chemin.

L'après-midi est venu[90].
C'est un de ces après-midi lumineux d'un automne flamboyant se baignant au soleil d'un été indien.
Le bâton de marche à la main droite, l'anse du panier à la main gauche, le chapeau de paille sur la tête, me voilà parti d'un bon pas vers la ferme Lieutaud, sur le versant sud-ouest de la montagne coupée en deux par la déchirure grise de la route qui rampe et s'allonge le long de la saignée profonde de la vallée, alors que les chasseurs se sont égaillés sur le versant nord-est où a lieu, chaque année, un lâcher de gibier.

Je traverse la départementale où il n'y a quasiment pas de circulation, j'emprunte le chemin asphalté qui conduit à la maison de vacances, présentement inoccupée, des Girard, je contourne la maison aux volets clos, et je m'enfile dans le sentier qui conduit à la ferme. Le soleil tape comme un marteau-pilon. Il fait chaud. Je suis en nage. Je peine dans la sente abrupte et, le souffle court, ahane comme un soufflet de forge.

Voici le petit bosquet de hêtres. Enfin un peu de fraîcheur ! Bien que la pente soit raide, la traversée du bosquet est plutôt agréable. Je franchis donc le bosquet et, sortant du couvert, je découvre brusquement une vaste clairière au milieu de laquelle se trouve la ferme.

Courage ! Il me faut affronter une fois encore le soleil accablant, traverser une partie de la clairière nue comme une tête chauve et chercher un coin d'ombre. La récompense est à ce prix.

---

[90] Conformément à l'usage populaire, je veux persister à garder le masculin là où les académiciens veulent nous imposer le féminin

Lorsque j'atteins la ferme et que je m'affale sur l'herbe, à l'ombre providentielle d'un arbre bienfaisant, je halète comme un coureur de fond asphyxié par le sprint final.

Je retire mon chapeau. Je m'éponge le visage, le crâne et le front avec un grand mouchoir, je m'allonge avec délice sur l'herbe douce et je ferme les yeux, en savourant tout à la fois cet instant de répit bien mérité et le calme idyllique de cet endroit, où le silence n'est que brièvement griffé par le trille excité d'un oiseau subitement sorti de sa torpeur ou, lointain, étouffé, le sourd crépitement des salves des tueurs de chamois.

Je baye. Je m'étire. Je me redresse. Enfin, je puis contempler le paysage.

Inhabitée, la ferme Lieutaud est, contrairement à beaucoup de ces masures effondrées que l'on trouve par ici, en excellent état. C'est, en fait, une vieille bergerie désaffectée mais régulièrement entretenue, flanquée de granges à foin. Elle est ceinte d'un verger de pommiers et de pruniers retournés à l'état sauvage. Captée par un large conduit de PVC rigide, preuve des soins attentifs d'une présence humaine, une source verse abondamment son eau pure et fraîche dans un grand bassin où viennent probablement boire les troupeaux. Le trop plein qui déborde forme une rigole qu'a du mal à boire la terre gorgée d'eau. Sans doute la clairière sert-elle de pacage et la ferme d'abri passager au moment des alpages.

Je ramasse deux pommes à demi sauvages tombées à terre d'un arbre presque entièrement dénudé. Je prends mon couteau. Je le déplie. Je pèle soigneusement les deux fruits, les coupe en deux, les épépine, les découpe en fines tranches que je porte à ma bouche avant de les mastiquer lentement. Les pommes sont à la fois sures et sucrées. J'en adore le parfum âpre et la saveur aigrelette qui laisse au bout de la langue un goût de bonbon acidulé.

Ah ! Ne pas se laisser gagner par la langueur à laquelle, insidieusement, incite cet endroit somnolent ! Allez, debout, il faut se mettre en quête des champignons !

Je me lève. Je vais boire au tuyau du bassin quelques bonnes lampées d'eau de source. Aussi gelée que le givre d'un sorbet, elle me glace la bouche et me fait crisser les dents. Je remets mon chapeau sur la tête, reprends mes accessoires, et me voilà reparti. Je fais lentement le tour de la clairière, attentif, les yeux fixés au sol. Mais point de champignon. Le père Arthur m'aurait-il sciemment induit en erreur ? C'est qu'il en est bien capable, l'animal ! Jouer impunément un mauvais tour à un citadin crédule pour pouvoir ensuite le raconter, l'œil égrillard, aux chasseurs réjouis, l'occasion est trop belle ! Qui résisterait, *fan de chichourle*, à une tentation pareille ?

Mais je ne m'avoue pas vaincu. Plutôt que de redescendre bredouille vers la vallée, je décide de poursuivre ma promenade.

A Dieu vat ! Je déniche un sentier et je pénètre, plein sud-ouest, toujours vers le sommet, dans la forêt qui encercle de sa futaie la clairière.

Je monte. Je monte. Et plus je monte, plus je peine.

Le bois est touffu. Je n'en vois pas l'issue. Petit Poucet égaré dans la forêt, j'ai perdu mes repères. Peut-être me suis-je fourvoyé ? Peut-être ferais-je mieux d'essayer de retrouver mon chemin et de redescendre sans plus tarder. Le père Arthur s'est joué de moi. Ce n'est certainement pas ici que je vais trouver des champignons !

Mais je m'obstine. Je monte. Je monte. Comme mû par une rage froide. Et je peine de plus en plus.

Je suis sur le point de m'arrêter dans ma progression hasardeuse et de rebrousser chemin lorsque soudain, là, une lueur, une éclaircie. Je cours aussi vite que mes forces déclinantes me le permettent encore et je découvre, ébahi, une toute petite clairière. Une petite, une toute petite clairière. Jolie, minuscule, toute ronde, parfaite, comme on les imagine en lisant les contes de fées. Et là, surprise, à l'orée du bois, des grisets, des grisets, en grande quantité.

Finalement, le père Arthur ne s'est pas moqué de moi !

Posément, choisissant un à un mes champignons, leur coupant la queue d'un coup de canif précis en prenant bien soin de ne pas abîmer la racine, je remplis mon petit panier.

Puis, abandonnant pour quelques instants dans l'herbe le produit de ma récolte, je m'aventure dans la forêt, à la recherche d'un éventuel raccourci pouvant me conduire plus aisément à la ferme. Mais, hélas, force m'est de constater qu'il n'y a pas d'autre chemin que celui que j'ai suivi.

Je reviens donc sur mes pas. Je sors du bois. Je vais me saisir de mon panier quand, là, brusquement, aussi subitement qu'une apparition, je le vois.

Il vient, lui aussi, tout juste de sortir du bosquet. Etrange coïncidence, il est sorti de la frondaison en même temps que moi, mais à l'opposé, tout juste de l'autre côté de la petite clairière. Il s'arrête net en me voyant. Il est de toute évidence aussi surpris que moi par cette rencontre inopinée.

C'est un bel animal, bien planté sur ses pattes, gracieux sans être gracile, massif et bien charpenté sans être épais. La robe fauve, la croupe ronde, le garrot musclé, la gueule effilée, les membres noueux, il ne donne pas un seul instant l'impression de lourdeur. Une bête superbe, alliant la force et la souplesse, l'assurance et la vélocité. Tout en lui est beauté pure et parfaite harmonie.

Il est seul. C'est, de toute évidence, un mâle adulte dans toute la splendeur de sa jeune vigueur. Visiblement, c'est un solitaire. Ou bien c'est un animal qui a été séparé de sa harde, sans doute effrayé par les coups de fusils lointains des chasseurs abhorrés qui n'hésiteraient pas une seconde à le mettre en joue.

Je suis incapable de le nommer.

Ce n'est pas un cerf, reconnaissable à son allure majestueuse et à la beauté insolite de ses longs andouillers.

Ce n'est pas un chevreuil, reconnaissable à ses membres grêles et à ses jolis bois, plus petits que ceux du cerf.

Ce n'est pas un chamois, reconnaissable à sa silhouette déliée et à ses petites cornes noires et recourbées.

Les longues cornes incurvées de cet animal splendide sont striées.

Je ne sais trop pourquoi, le mot *bouquetin* me vient à l'esprit.

Mais je ne suis sûr de rien. Moi, le citadin, non averti des richesses de la nature sinon au travers de quelques livres, je ne sais pas désigner exactement ce magnifique animal qui, bien qu'il me considère sans doute comme son ennemi mortel, se tient, à quelques mètres de moi, aussi immobile qu'une statue de pierre.

Je ne lis en lui aucun signe de peur ou de méfiance.

Il se tient seulement là, immobile, impassible, comme indifférent. Comme si cette rencontre fût inscrite de tout temps dans son ancestrale mémoire. Comme si ce fût la chose la plus naturelle du monde que de se trouver face à face, en ce lieu improbable avec son ennemi de toujours et que toute peur de l'homme, d'un coup, se fût évanouie.

Instantané. Miraculeux. Inénarrable.

Instant ineffable.

Comme dans ces légendes où, parfois, les hommes, les animaux, les arbres, les plantes et jusqu'à l'eau du ruisseau sont frappés de paralysie, le cours du temps s'est comme subitement pétrifié. Majestueux, altier, le noble et bel animal me regarde posément de ses yeux liquides. Et je le regarde, je le regarde, longuement, intensément, droit dans les yeux, calme, immobile, figé même, essayant d'effacer de mon regard la moindre lueur de crainte, d'éradiquer de mon attitude la moindre trace d'hostilité, m'interdisant le moindre geste, aussi imperceptible fût-il, qui pût l'effaroucher et le faire détaler.

Moment magique, indicible, que cette rencontre impromptue entre deux mondes étrangers, incommunicables, entre moi, un homme, civilisé, vêtu, chaussé, coiffé, armé d'un bâton et d'un couteau, éloigné de cent mille coudées de la mère nature et lui, un animal, sauvage, nu, vulnérable, ignorant tout, hormis les fusils tueurs, de la civilisation humaine exterminatrice. Instantané. Bref. Fort. Puissant. Violent même. Instant incroyable de confiance mutuelle instinctive et de paix partagée, instant sublime de brève mais intense communication de deux espèces antinomiques. Le message est muet, mais évident. Il dit : *« Va en paix ! Nous ne sommes pas ennemis ! »*. Il dément le bruit lointain des fusils meurtriers qui nous arrivent sans cependant le troubler et prouve que l'accord est possible.

L'animal admirable me regarde une dernière fois, comme pour prendre congé de moi, comme pour me dire adieu.

Puis, sans crainte, sans hâte, d'un pas tranquille et mesuré, il traverse la clairière, passe devant moi, me croisant presque à me toucher, et se perd dans les profondeurs de la frondaison.

Et moi, toujours immobile, je le regarde disparaître avec, venu de je ne sais quelles profondeurs, un sentiment de perte irréparable et de subite et profonde solitude. C'est comme si, à peine nouée, se fût, avec le départ de ce prodigieux messager de paix, immédiatement et définitivement interrompue la miraculeuse mais fugace rencontre, l'étonnante surprise que venait, le temps d'un éclair, de généreusement m'offrir le hasard...

Un oiseau, juste un tout petit oiseau

Lorsque je le trouvai sur le pas de ma porte, il était presque inanimé. L'œil trouble, le bec entrouvert, les pattes ankylosées, il me parut mal en point. Son souffle haché, ténu, à peine perceptible, soulevait à peine son minuscule poitrail. Je le saisis délicatement, l'examinai de plus près et m'aperçus qu'il avait été blessé à l'aile.

Je m'engouffrai dans le couloir, en quête d'aide :
- M'man, m'man, regarde ! J'ai trouvé un oiseau ! Y'l'est blessé !
- Un oiseau blessé ? Où est-ce que tu as déniché ça, toi ?
- Y'l'était devant la porte, m'man !

Je tendis l'oiseau à ma mère qui l'examina à son tour.
- C'est grave c'qu'y'l'a, dis ?
- Je ne sais pas ! Mais il m'a l'air bien amoché ! Il a dû être blessé par un jet de pierre !
- Ou par un chat, peut-être ?
- C'est possible, mais il est rare que les chats abandonnent leur proie !
- On va l'guérir, dis, m'man ?
- On va essayer ! En tous cas, on va le soigner, d'accord ?

Et nous voilà promus ma mère médecin en chef pour oiseaux blessés et moi infirmier de première classe.

D'abord, nous commençons par improviser un grand nid en bourrant d'ouate une boîte à chaussures. Ensuite, nous nettoyons la plaie avec une boule de coton imbibée d'un liquide incolore que ma mère nomme eau oxygénée et nous la badigeonnons de mercurochrome. Nous posons

délicatement l'oiseau blessé dans son tout nouveau refuge. Puis nous improvisons une mixture miraculeuse censée le requinquer rapidement - jaune d'œuf dur écrasé dans de la mie de pain trempée de lait - que je m'évertue à faire ingurgiter, à l'aide d'une allumette, par bouchées lilliputiennes, à mon patient peu coopératif.
- C'est quoi comme oiseau, m'man ?
- Il me semble que c'est un chardonneret, mais je n'en suis pas sûre. Nous regarderons les photos d'oiseaux dans l'encyclopédie !
- Tu crois qu'on va l'guérir, dis, m'man ?
- Je l'espère ! Enfin, on verra bien !

Alors commença pour moi une veille attentive de tous les instants, tendue vers un seul but : guérir mon oiseau blessé, sans même imaginer un instant qu'une fois guéri il dût prendre son envol pour vivre loin de moi sa vie d'oiseau libre.

Régulièrement, ma mère, extrêmement soucieuse de mon inquiétude, nettoyait précautionneusement sa blessure, préparait la mixture magique et moi, tant bien que mal, avec une patience infinie que je ne me connaissais pas, je le faisais manger.

J'avais déposé dans un coin de la boîte à chaussures quelques grains de millet que j'avais achetés chez monsieur Alberti, l'oiselier, et un godet, pas plus grand qu'un dé à coudre, contenant un peu d'eau. Mais il délaissait eau et grains. Sans doute n'avait-il pas encore la force suffisante de s'abreuver et de se nourrir tout seul. Mais je pensais qu'il ne tarderait pas à le faire et je guettais cet instant avec empressement.

Cette longue quête dura deux jours.

A l'aube du second jour, alors que je m'empressais d'aller retrouver mon ami et de guetter chez lui des signes de rétablissement, je le trouvai inerte et froid. Les yeux vitreux, le bec grand ouvert, les pattes et les ailes raidies, on eût dit du bois sec. Son souffle, plus léger que l'haleine d'une fleur, s'était tari.

Je courus comme un dératé vers ma mère :
- M'man, m'man ! L'oiseau !
- Quoi, l'oiseau ?
- L'oiseau ! Y'l'est tout raide ! Y respire plus ! Y bouge plus !

Ma mère accourut aussitôt.
- Dis, m'man, pourquoi y'l'est tout raide, l'oiseau ? Y dort, l'oiseau ? Y va s'réveiller ?
- Non, mon petit. Je crains que non !
- T'y'es sûre, au moins, dis ? Y va pas s'réveiller ?
- Non. Il ne va pas se réveiller !
- Mais non, m'man ! Y va ouvrir les yeux, tu vas voir ! Et y va guérir ! Et y va s'envoler ! Y va retrouver les autres oiseaux dans le ciel !
- Non, mon petit. Il ne va pas se réveiller ! Il est... il est... mort !
- Mort ? Mort ? Qu'est-ce que ça veut dire, mort ?
- C'est... c'est quand on ferme les yeux pour toujours... C'est... c'est quand notre cœur s'arrête de battre... C'est... c'est quand on ne respire plus... quand notre souffle s'échappe définitivement de notre corps pour s'enfuir dans les nuages... quand notre corps cesse d'être chaud et devient comme de la pierre...
- Dis, m'man, mort, c'est quand on est plus vivant ? Quand on dort et qu'on peut plus se réveiller ?
- C'est ça, mon petit.
- Comme grand-mère, m'man ? Comme grand-mère, quand elle a eu mal, cette nuit que j'ai passée avec elle ? Comme grand-mère, quand je lui ai mis une couette par terre, qu'elle s'est endormie sur la couette et qu'elle a plus voulu ouvrir les yeux, ni parler, ni respirer, ni rien ?

Comme grand-mère la nuit où y'avait le loup dans la chambre et qu'j'ai eu si peur[91] ?
- Oui, mon petit, comme grand-mère !
- Alors, y'l'est mort l'oiseau, dis ? Y va plus s'réveiller, dis ?
- Non, c'est fini, il ne va plus se réveiller, mon petit !
- Et... y va plus bouger ?
- Non. Il ne va plus bouger !
- Plus jamais ?
- Plus jamais !
- Mais... mais j'veux pas, moi ! J'veux pas qu'y soit mort, l'oiseau ! J'veux pas ! J'veux pas ! J'veux pas !
- C'est comme ça, mon petit ! On n'y peut rien ! Non. On n'y peut rien !

Alors, désespéré de n'avoir pas pu sauver mon ami, l'oiseau blessé, conscient, brusquement, que sa vie s'en était allée à jamais, étouffant d'une peine soudain trop lourde à porter pour un petit enfant de mon âge, malade d'impuissance, de frustration, d'abattement et de détresse, je me blottis contre le ventre de ma mère et laissai couler comme un torrent, amères, inextinguibles, toutes les larmes de mon corps.

La mort de mon ami l'oiseau blessé auquel je n'eus même pas le loisir de donner un nom fut indéniablement mon tout premier chagrin d'enfant.

Ce ne fut pas ma première confrontation avec la mort. Non. Je l'avais déjà croisée précocement, et elle avait le visage inquiétant du loup de mes terreurs enfantines et de mes cauchemars les plus effrayants. Ce fut la seconde rencontre. Mais la plus déterminante. Car avec elle vint, brutale, aiguë, la terrible découverte que tout, en ce monde incertain, est voué à disparaître et que meurt un lambeau

---

[91] In « *Autrefois, la Mékerra* », récit romancé de l'auteur (BoD éditeur)

de nous-mêmes chaque fois que disparaît quelqu'un - ou quelque chose - que l'on eût voulu garder pour toujours... pour toujours...

Du même auteur :
*« **Mais les mots qu'au vent noir je sème** »*
(Poèmes ; Books on Demand)
*« **Autrefois, la Mékerra** »*
(Récit ; Books on Demand)
*« **Algérianes** »*
(Nouvelles ; La Petite Edition)